Goldmann SCIENCE FICTION

Band 0191

Poul Anderson · Terra gegen Avalon

Von Poul Anderson
sind außerdem lieferbar:

Hüter der Zeiten. 017
Die Menschheit sucht Asyl. 023
Der Untergang der Erde. 042

POUL ANDERSON

Terra gegen Avalon

THE PEOPLE OF THE WIND

Utopisch-technischer Roman

WILHELM GOLDMANN VERLAG
MÜNCHEN

Made in Germany · I · 1112

Umschlag: F. Jürgen Rogner. Gesetzt aus der Linotype-Garamond-Antiqua. Druck: Presse-Druck Augsburg. SF 0191 · Pe/Hu
ISBN 3-442-23191-4

1

»Du kannst jetzt nicht fort«, sagte Daniel Holm zu seinem Sohn. »Es kann jeden Tag Krieg geben. Vielleicht ist er schon im Gange.«

»Deshalb muß ich ja fort«, erwiderte der junge Mann. »Rund um den Planeten werden die Khruaths gerufen. Wohin sollte ich sonst als zu meinem Choth?«

Wenn er so sprach, wurden mehr als nur seine Wörter vogelartig. Die ganze Aussprache veränderte sich. Er gebrauchte nicht mehr das Planha-beeinflußte Inglisch von Avalon – reine Vokale, das ›r‹ getrillert, ›m‹ und ›n‹ und ›ng‹ beinahe gesummt, der Sprachton tief und verlangsamt und mit starken Kadenzen; es war vielmehr, als versuche er für einen menschlichen Zuhörer den Gedanken eines ythrischen Gehirns zu übersetzen.

Der Mann, dessen Abbild den Sprech-Bildschirm ausfüllte, gab nicht zurück: »Du könntest dir überlegen, ob du nicht bei deiner Familie bleibst«, wie er es früher getan hätte. Statt dessen nickte Daniel Holm und sagte leise: »Verstehe. Du bist jetzt nicht Chris, sondern Arinnian«, und er wirkte auf einmal alt.

Das Herz des jungen Mannes krampfte sich zusammen. Er streckte die Hand aus, aber seine Finger berührten nur den Bildschirm.

»Ich bin immer Chris, Vater«, stieß er hervor. »Aber ich bin eben außerdem auch Arinnian. Und, und, nun, wenn der Krieg kommt, müssen die Choths darauf vorbereitet sein, nicht wahr? Ich muß helfen – lange werde ich sicher nicht weg sein.«

»Sicher. Gute Reise.«

»Alles Liebe an Mutter und die anderen.«

»Warum rufst du sie nicht selbst an?«

»Na ja, äh, ich muß mich beeilen – und es ist ja schließlich nichts Besonderes, wenn ich in die Berge gehe, und – ach –«

»Sicher«, sagte Daniel Holm. »Ich richte es aus. Und du, grüß mir deine Kameraden.« Der Zweite Marchwardener des Systems Laura schaltete ab.

Arinnian wandte sich von dem Instrument ab. Er verzog das Gesicht und biß sich auf die Unterlippe. Er verabscheute es, jemandem weh zu tun, der an ihm hing. Aber weshalb konnten sie das nicht verstehen? Sie nannten es ›ins Gefieder schlüpfen‹, wenn man in einen Choth aufgenommen wurde, so, als verleugneten jene, die das taten, die Rasse, die sie hervorgebracht hatte. Er konnte die Stunden nicht mehr zählen, in denen er versucht hatte, seinen Eltern oder anderen Ortho-Menschen begreiflich zu machen, daß er sein Menschsein erweiterte und reinigte.

Sätze aus einem Gespräch fielen ihm ein: »Schau, Vater, zwei Arten können nicht Generationen hindurch denselben Planeten bewohnen, ohne daß sich tiefgehende wechselseitige Folgen ergeben. Weshalb gehst du auf Himmelsjagd? Warum reicht Ferune an seinem Tisch Wein? Und das sind nur die oberflächlichsten Symptome.«

»Das weiß ich auch. Etwas Sinn für Gerechtigkeit wirst du mir doch zubilligen, nicht? Die Sache ist aber die, daß du einen Quantensprung machst.«

»Weil ich ein Angehöriger von Stormgate sein werde? Hör mal, die Choths nehmen seit hundert Jahren Menschen auf.«

»Nicht in solcher Zahl wie jetzt. Und mein Sohn war nicht dabei. Ich hätte . . . gern gesehen, daß du *unsere* Traditionen fortführst.«

»Wer sagt, daß ich das nicht tun werde?«

»Erstens unterstehst du schon einmal nicht mehr den menschlichen Gesetzen, sondern dem Gesetz und den Gebräuchen des Choths . . . Warte. Das ist gut, wenn man ein Ythrier ist. Chris, du hast die Chromosomen nicht. Diejenigen, die so getan haben, als hätten sie sie, haben in keine der beiden Rassen mehr richtig hineingepaßt, nie mehr.«

»Verdammt, ich tue doch nicht so –!«

Arinnian schob die Szene von sich weg wie etwas Körperliches. Er war dankbar für die prosaischen Notwendigkeiten der Vorbereitung. Wenn er Lythrans Horst vor Dunkelwerden erreichen wollte, mußte er sich beeilen. Ein Flugwagen würde die Strecke natürlich in weniger als einer Stunde zurücklegen, aber wer wollte schon in einem Käfig aus Metall und Kunststoff fliegen?

Er war nackt. Mehr und mehr neigten jene, die lebten wie er, dazu, auf Kleidung ganz zu verzichten und Haut-Farbe zu benützen, wenn man irgendwo erschien. Aber jeder brauchte irgendwann Kleidung. Auch ein Ythrier war selten ohne Gürtel und Beuteltasche zu sehen. Auf der Reise würde es kühl werden, und er hatte kein Gefieder. Er ging durch die kleine Wohnung, um Overall und Stiefel zu holen.

Im Vorbeigehen warf er einen Blick auf den Schreibtisch, wo Bogen seiner Arbeit lagen, und in einem Stapel die Texte und Nachschlagwerke, mit denen er sich zur Zeit befaßte, übermittelt aus der Computerbibliothek. Verdammt! dachte er. Ich höre so ungern auf, wenn ich fast schon sehen kann, wie ich das Theorem beweisen muß.

In der Mathematik konnte er sich emporschwingen. Oft schien es ihm, daß sein Denken dann dieselbe reine Ekstase kennenlernte, wie ein Ythrier, allein in der Luft schwebend, sie erleben mußte. Und so war er bereit gewesen, den Kompromiß zu schließen, der ihn und seinen Vater wieder versöhnt hatte. Er würde sein Studium fortsetzen und das

Ziel, Berufsmathematiker zu werden, weiterverfolgen. Zu diesem Zweck nahm er finanzielle Unterstützung an, allerdings durfte nicht länger verlangt werden, daß er zu Hause wohnte. Den Rest des kleinen Einkommens, das er benötigte, würde er sich selbst verdienen als Hüter und Jäger, wenn er sich zu den Ythriern gesellte.

Daniel Holm hatte mit der Andeutung eines Grinsens geknurrt: »Du hast einen brauchbaren Verstand, mein Sohn. Ich möchte nicht, daß er unausgenützt bleibt. Dein Vogeltick hat aber auch sein Gutes, sonst wärst du so in deine Bücher vergraben, falls du nicht gerade zeichnetest oder Gedichte schriebst, daß du keine Bewegung mehr hättest. Am Ende würdest du auf dem Stuhl festwachsen, ohne es zu merken. Ich muß deinen Freunden wohl noch dankbar dafür sein, daß sie ihre Art von Athleten aus dir machen.«

»Meine Chothgenossen«, verbesserte Arinnian. Er hatte eben seinen neuen Namen bekommen und war erfüllt von Stolz und Ernsthaftigkeit. Das war vier Jahre her; heute konnte er über sich lächeln. Der Alte hatte nicht ganz unrecht gehabt.

Christopher Holm, dreißig Jahre alt – nach der Zeitrechnung Avalons – war hochgewachsen, schlank, aber breitschultrig. Im Aussehen wie figürlich geriet er nach seiner Mutter: langer Kopf, schmales Gesicht, schmale Nase und Lippen, blaue Augen, mahagonifarbenes Haar – kurz geschnitten im Stil derer, die viel mit dem Gravitationsgürtel flogen – und immer noch nicht so viel Bart, daß sich mehr lohnte als die regelmäßige Anwendung des Anti-Wachstums-Enzyms. Seine Hautfarbe, von Natur aus blaß, war durch den Aufenthalt im Freien gebräunt. Laura, ein Stern fünfter Größe, besitzt nur zweiundsiebzig Prozent der Lichtstärke von Sol und vergleichsweise weniger ultraviolette Strahlung, aber Avalon, in einer Zeit von

0,724 Terra-Jahr in einem durchschnittlichen Abstand von 0,81 AE um Laura kreisend, ist einer um zehn Prozent höheren Strahlungsintensität ausgesetzt als die Erde.

Er überprüfte sein Gerät gewohnheitsmäßig gründlich, bevor er die Arme durch die Gurte schob und den Gürtel festschnallte. Die beiden konisch zulaufenden Zylinder auf seinem Rücken hatten über voll geladene Akkus und intakte Schaltkreise zu verfügen. Wenn nicht, war er tot. Ein Ythrier allein konnte einen Menschen nicht aufhalten, wenn er vom Himmel stürzte. Ein paarmal war mehreren gemeinsam eine Rettungsaktion gelungen, aber das waren Hüter, mit Lassos versehen, die sie um ihren Kameraden werfen und an denen sie ziehen konnten, ohne einander zu behindern. Man konnte nicht wagen, sich auf soviel Glück zu verlassen. O Gott, könnte man richtige Flügel haben!

Er setzte einen Lederhelm auf und zog die Schutzbrille herunter, seinen armseligen Ersatz für eine Nickhaut. Er steckte Messer und Katapult in die Futterale an den Gürteln. Es bestand keine Gefahr – ein Duell konnte nicht provoziert werden, weil ein Khruath Frieden gebot – nicht daß Ehrenhändel auf Leben und Tod oft vorkamen – aber die Leute von Stormgate waren zumeist Jäger und ließen ihre Ausrüstung nicht zurück. Er brauchte keine Verpflegung mitzunehmen. Seine Bedürfnisse würden aus den Vorräten der Familie befriedigt werden, zu denen er regelmäßig seinen Anteil beitrug und die mit einem Gravitations-Schlitten zum Treffpunkt befördert wurden.

Er trat hinaus und befand sich auf Bodenhöhe. Die Menschen hatten Raum genug auf Avalon – es waren an die zehn Millionen gegenüber vier Millionen Ythriern – und selbst hier in Gray, der nächsten Entsprechung einer richtigen Stadt auf dem Planeten, baute man niedrig und weiträumig. Ein paar Hochbauten genügten für hier wohnende oder zu Besuch weilende Ornithoiden.

Arinnian betätigte die Schalter. Die Negakraft schob ihn sanft und schnell empor. Er fing den Aufstieg ab und genoß eine Weile die Aussicht.

Die Stadt breitete sich auf Hügeln aus, grün von Bäumen und Susin, mit den Farbtupfern der Gärten, rings um die Falkayn-Bucht. Auf dem Wasser schossen Boote dahin; da sie dem Vergnügen dienten, waren es vorwiegend Tragflügelsegler. Ein paar Frachtschiffe, lange Formen zweckmäßiger Grazie, lagen an den Docks, von verschiedenen Robotertypen be- und entladen. Ein Schiff lief ein, dem Kurs nach von den Brendan's-Inseln, und eines stand draußen an der Hesperiden-See, die silbern blinkte, wo die Sonne sie traf, und überall sonst saphiren glitzerte, bis sie am nördlichen und südlichen Horizont purpurn verschwamm.

Laura stand tief am leeren Westhimmel, in dunklerem Gold als mittags. Der Himmel war von langsam dunkelndem Blau; Streifen hoher Zirruswolken, die Arinnian sich als Brustfedern dachte, versprachen weiterhin schönes Wetter. Eine salzige Brise wisperte an seinen Wangen vorbei und kühlte sie.

Der Luftverkehr war gering. Mehrere Ythrier zogen vorbei, mit bronzen und bernsteinfarben schimmernden Schwingen. Ein paar Menschen unternahmen Gürtelflüge wie Arinnian; in der Ferne konnte man sie kaum von einem Schwarm schmaler, ledriger Fledermäuse unterscheiden, die der Abend aus irgendeiner Höhle gelockt hatte. Mehr Menschen saßen in Flugwagen, horizontalen Regentropfen, die das Licht mit lebloser Heftigkeit zurückstrahlten. Zwei oder drei Schlepper rumpelten vorbei, und ein Interkontinentalschiff schwebte langsam zum Flughafen hinunter. Aber in Gray herrschte nie geschäftiges Treiben.

Hoch oben glitten jedoch Objekte vorbei, die man seit

dem Ende der Wirren hier nicht mehr gesehen hatte: Kriegsflugzeuge auf Patrouille.

Krieg gegen das Terranische Reich – Arinnian fröstelte und flog nach Osten, landeinwärts.

Schon konnte er sein Ziel sehen, weit hinter den Küstenbergen und dem Zentraltal, wie ein Wolkenzug am Weltenrand, jene Gipfel, die die höchsten in Corona waren, auf ganz Avalon, rechnete man Oronesia nicht mit. Die Menschen nannten sie die Andromedas, aber Arinnian gebrauchte oft auch den Planha-Namen ›Wettermutter‹.

Bestelltes Land zog unter ihm vorbei. Hier um Gray verschmolzen die meist ythrischen Siedlungen im Norden mit den vorwiegend menschlichen im Süden; beide Ökologien verschmolzen mit der von Avalon, und das Land wurde zu einem Schachbrettmuster. Die Kornfelder der Menschen, mit dem vergehenden Sommer reifend, lagen gelbbraun zwischen riesigen grünen Weideflächen, wo die Ythrier ihre Maukh und Majaw hielten. Wälder aus Nutzholz, Eiche oder Fichte, Windnest oder Hammerzweig, umringten nahezu baumlose Flächen beryllfarbenen Susins, wo man gelegentlich noch einen Barysaurier entdecken mochte. Sein Flug vertrieb die Unruhe in ihm. Sollte das Reich die Domäne angreifen . . . wenn man es wagte! Inzwischen war er, Arinnian, unterwegs zu Eyath – zu seinem ganzen Choth, natürlich, und zur Vereinigung mit ihm, aber vor allem würde er Eyath wiedersehen.

In der Würde des Speisesaales wechselte ein Blick zwischen ihnen. *Schlendern wir hinaus und wollen wir ganz für uns sein*? Sie erbat Erlaubnis von ihrem Vater Lythran und ihrer Mutter Blawsa; obwohl sie ihr Kind war, handelte es sich mehr um ein Ritual, doch Rituale spielten eine große Rolle. In gleicher Weise machte Arinnian den jüngeren Personen, auf deren Bank er saß, klar, daß er den Wunsch hatte, unbegleitet zu sein. Er und Eyath gingen gemeinsam hinaus. Es gab keine Stockung in der ruhigen, von Pausen unterbrochenen Unterhaltung, an der sich alle beteiligten. Ihre enge Bindung rührte von ihrer Kindheit her und wurde voll akzeptiert.

Das Lager befand sich auf einem Plateau des Mount Farview. In der Mitte erhob sich der alte Steinturm, in dem die älteren Mitglieder der Familie mit ihren Kindern wohnten. Niedrigere Holzbauten, auf deren Wasendächern Bernsteinstab und Sternglocken wuchsen, waren für die Unverheirateten, für Gefolgsleute und ihre Verwandten bestimmt. Tiefer unten an einem Hang standen Schuppen, Scheunen und Ställe. Das Ganze konnte vom Boden aus nicht insgesamt überblickt werden, weil zwischen den Gebäuden ythrische Bäume wuchsen: Flechtrinde, Kupferholz, der hagere Blitzstab, Juwelenblatt, das unter dem Mond glänzte und bei Tag leuchtete. Die Blumenbeete zeigten hiesige Pflanzen, höher entwickelt als alles, was von anderen Planeten kam – die süße, kleine Janie, das duftende Lebgut, das graziöse Dreiblatt und Buddhas Schale, eine Harfenranke, die im Wind ganz leise sang. Sonst war die Nacht still und, in dieser Höhe, kalt. Der Atemhauch war weiß.

Eyath breitete ihre Flügel aus. Sie waren schlanker als üblich, hatten aber eine Spannweite von fast sechs Metern. Das zwang sie natürlich dazu, sich auf Hände und Schwanz zu stützen.

»Br-r-r!« sagte sie lachend. »Rauhreif. Los.« Mit einem Knall und rauschender Luft erhob sie sich.

»Du vergißt«, rief er. »Ich habe meinen Gürtel abgenommen.«

Sie sank herunter auf eine Plattform am Wipfel eines Kupferbaums. Ythrier sagten selten Unnötiges; er konnte wohl hinaufklettern. Er fand, daß sie seine Geschicklichkeit überschätzte, nur weil er es besser konnte als sie. Ein Fehltritt in dem dunklen Laub konnte zu einem üblen Sturz führen. Er konnte die unausgesprochene Herausforderung aber nicht zurückweisen, wenn er auf ihre Achtung Wert legte. Er griff nach einem Ast, schwang sich hinauf und kletterte weiter.

Über sich hörte er sie murmelnd mit dem Uhoth sprechen, der hinter ihr heraufgeflattert war. Er brachte Wild mit bewundernswerter Schnelligkeit zur Strecke, aber Arinnian fand, daß sie sich zuviel mit ihm abgab. Nun, nicht zu bestreiten, daß sie mannsreif war. Er gab das vor sich nur ungern zu. »Weshalb?« fragte er sich flüchtig.

Als er die Plattform erreichte, sah er sie auf Füßen und Alatanen ruhen, den Uhoth auf ihrem rechten Handgelenk, während ihre linke Hand ihn streichelte. Morgana stand fast voll strahlend weiß über der östlichen Sierra und ließ Eyaths Gefieder glänzen. Ihr Kamm stand als Silhouette vor der Milchstraße. Trotz des Mondes funkelten Sternbilder am Himmel, das Rad, die Schwerter, Zirraukh, das riesige Schiff . . .

Er setzte sich zu ihr und verschränkte die Hände um die Knie. Sie gab den leisen Laut von sich, der ihre Freude über seine Anwesenheit ausdrückte. Er antwortete, so gut er konnte. Über der reinen Wölbung ihrer Schnauze schimmerten die großen Augen.

Schlagartig verstummte sie. Er folge ihrem Blick und sah einen neuen Stern am Himmel auftauchen.

»Ein Wach-Satellit?« fragte sie. Ihre Stimme schwankte ein wenig.

»Was sonst?« erwiderte er. »Es muß der letzte sein, den sie hinaufgeschossen haben.«

»Wie viele sind es jetzt?«

»Das geben sie nicht bekannt«, erinnerte er sie. Die

Ythrier vermochten die Vorstellung von Staatsgeheimnissen kaum zu fassen. Beinahe schon jene von Staat und Regierung nach menschlichem Begriff überhaupt. Die Marchwardener Ferune und Holm hatten mehr Energie dafür aufgewendet, die Chots zur Mitarbeit zu bewegen, als für die eigentliche Verteidigungsvorbereitung. »Mein Vater glaubt nicht, daß wir zu viele davon haben könnten.«

»Die verschwendeten Ausgaben –«

»Nun, wenn die Terraner kommen –«

»Rechnest du damit?«

Die Sorge, die er heraushörte, veranlaßte ihn, sie sanft am Hals zu drücken und dann mit den Fingern über ihren Kamm zu fahren. Ihr Gefieder war warm, glatt und überaus fein.

»Ich weiß es nicht«, sagte er. »Vielleicht läßt sich die Grenzfrage friedlich lösen. Hoffen wir es.« Die letzten drei Worte mußte er zwangsweise auf Inglisch sagen, nicht in Planha. Die Ythrier hatten nie zur Zukunft gefleht. Auch Eyath war zweisprachig, wie jeder gebildete Kolonist.

Sein Blick glitt wieder zum Himmel. Sol befand sich . . . weit drüben im Maukh, wo vier Sterne die Hörner bildeten . . . wie weit? Ach ja, 205 Lichtjahre. Er entsann sich, gelesen zu haben, daß von dort aus Quetlan und Laura in einem Sternbild lagen, das ›Wolf‹ genannt wurde. Keine der drei Sonnen war auf eine derart ungeheure Entfernung mit bloßem Auge sichtbar. Sie waren bloße Zwergsterne vom Typ G; sie wurden nur zufällig umkreist von ein paar Stäubchen, die gegärt hatten, bis es chemische Zusammensetzungen gegeben hatte, die diese Stäubchen Terra, Ythri, Avalon nannten und sie liebten.

»Wolf«, sagte er sinnend. »Eine Ironie.«

Eyath pfiff: »?«

Er erklärte es ihr und fügte hinzu: »Der Wolf ist, oder war, ein Raubtier auf Terra. Und für uns liegt Sol im Sternbild eines großen, zahmen Herdentiers. Aber wer greift wen an?«

»Ich habe die Nachrichten kaum verfolgt«, sagte sie leise. »Es war wie ein Nebel für mich und die anderen. Was geht es uns an, wenn man sich aufeinanderstürzt? Und ganz plötzlich – Kann es auch an uns liegen, Arinnian? Könnten Leute von uns zu voreilig, zu starr gewesen sein?«

Ihre Stimmung war so untypisch, nicht nur für das ythrische Verhalten allgemein, sondern auch für ihr sonst sonniges Wesen, daß er erstaunt den Kopf drehte.

»Was macht dich so sorgenvoll?« fragte er.

Ihre Lippen berührten den Uhoth, so, als suche sie Trost, von dem er glaubte, daß er ihn besser spenden könnte. Sein Schnabel glättete ihr Gefieder. Er hörte es kaum: »Vodan.«

»Was? Oh! Bist du verlobt mit Vodan?«

Seine Stimme klang brüchig. Warum bin ich betroffen? fragte er sich. Er ist ein feiner Kerl. Und auch von diesem Choth; keine Probleme veränderter Gesetze und Gebräuche, von Kulturschock und Heimweh – Arinnians Blick schweifte über das Stormgate-Land. Über Tälern mit steilen Wänden, dunkel und duftend von Wäldern, erhoben sich Schneegipfel. Näher zeigte sich eine Bergwand, an der ein Wasserfall säulenartig unter dem Mond stand. Ein nachts fliegender Trompeter ließ seine klagenden Töne in der Stille hören. Auf den Ebenen der Großen Weite, in arktischen Sümpfen, halb um den Planeten herum auf einer sengenden Savanne Neu Gaiilas, auf den ungezählten Inseln, die den Großteil des trockenen Landes von Avalon ausmachten – wie kam sie dazu, das Reich ihres Choths zu vermissen?

Nein, warte, ich denke wie ein Mensch. Die Ythrier kommen mehr herum. Eyaths Mutter etwa stammt aus dem Sagittarius-Becken und besucht es oft ... Weshalb sollte ich nicht wie ein Mensch denken? Ich bin einer. Ich habe bei den Ythriern Weisheit, Rechtschaffenheit, so etwas wie Glück gefunden, aber es hat keinen Zweck, so zu tun, als könnte ich je ein Ythrier werden, je ein geflügeltes Mädchen heiraten und mit ihr in unserem eigenen Horst leben.

Sie sagte gerade: »Hm, nein, nicht direkt. Glaubst du, ich würde dir nicht von meiner Verlobung erzählen oder dich nicht zu meinem Hochzeitsfest einladen? Aber er ist ein ... eine Person, für die ich große Zuneigung empfinde. Du weißt, daß ich ledig bleiben wollte, bis ich mein Studium abgeschlossen habe.« Sie erstrebte den schwierigen, ehrenreichen Beruf der Musikerin. »In letzter Zeit – nun, ich habe in meiner letzten Liebeszeit viel darüber nachgedacht. Ich fühlte mich heißer als je zuvor, und ich dachte dauernd an Vodan.«

Arinnian schoß das Blut ins Gesicht. Er starrte auf den fernen Schimmer eines Gletschers. Sie sollte ihm solche Dinge nicht sagen. Es war nicht anständig. Eine unverheiratete Ythrierin, oder eine, deren Mann abwesend war, hatte sich von Männern fernzuhalten, wenn die Hitze sie anflog, aber sie sollte auch die dadurch erzeugte Energie für Arbeit oder Studium oder Meditation aufwenden.

Eyath spürte seine Verlegenheit. Ihr Lachen tönte durch die Luft, und sie legte eine Hand auf die seine. Die schmalen Finger, die scharfen Krallen griffen sanft nach ihm.

»Na, du bist ja schockiert! Weshalb denn?«

»So würdest du nicht reden mit – deinem Vater, einem Bruder. – Und du solltest auch nicht so empfinden. Nie. Brunst hin, Brunst her. Einsam, vielleicht verträumt, ja, aber nicht wie eine schwitzende Dirne im Bett eines billigen Hotelzimmers. Nicht du, Eyath.«

»Gewiß, in Stormgate dürfte man nicht so reden. Ich habe mir früher überlegt, ob ich nicht in einen weniger strengen Choth hineinheiraten sollte. Aber Vodan – Aber dir, Arinnian, kann ich doch alles erzählen, nicht wahr?«

»Ja. Schließlich bin ich ja kein richtiger Ythrier.«

»Wir haben später darüber gesprochen, er und ich«, sagte sie. »Über eine Heirat, meine ich. Man kann es nicht bestreiten, Kinder wären in diesem Stadium eine große Behinderung. Aber wir fliegen gut zusammen, und unsere Eltern drängen uns seit langem, es wäre eine so gute Allianz zwischen den Häusern. Wir haben uns überlegt, ob wir, wenn wir in den ersten Jahren vielleicht abstinent bleiben –«

»Aber das klappt nicht so gut, nicht?« sagte er, als ihre Stimme verklang, durch das Pochen des Blutes in seinen Ohren. »Das heißt, die Ythrier kräftigen die Paarbindungen vielleicht nicht durch, äh, ständige Sexualbeziehungen, aber das bedeutet nicht, daß der Sex nicht wichtig wäre. Wenn ihr euch bei jeder Liebesperiode trennt, dann weist ihr euch doch gegenseitig ab, nicht? Warum nicht, äh, Empfängnisverhütung?«

»Nein.«

Er wußte, weshalb ihre Art fast einhellig dagegen war. Kinder – der starke Elterninstinkt der beiden Partner – waren das, was sie zusammenhielt. Wenn kleine Flügel sich um einen schlossen und ein kleiner Kopf sich ans Kielbein schmiegte, vergaß man die unvermeidlichen Spannungen und Enttäuschungen des Ehelebens so schnell, als sei man ein Mensch, der sich eben glücklich mit einem Partner vereinigt hatte.

»Wir könnten es aufschieben, bis ich mein Studium beendet habe und sein Geschäft floriert«, sagte Eyath. Arinnian erinnerte sich, daß Vodan zusammen mit ein paar jungen Leuten aus Stormgate, Many Thermals und The Tarns eine Waldbewirtschaftungs-Ingenieurfirma gegründet hatte. »Aber wenn es Krieg gibt – kaah, er ist bei der Marinereserve –«

Ihr freier Arm legte sich um seine Schulter, eine blinde Geste. Er stützte sich auf einen Ellbogen, damit er unter die Schwingen greifen und ihren steifen Körper umfassen konnte. Und er sprach murmelnd auf sie ein, seine Schwester, seit sie Kinder gewesen, um ihr Trost zu spenden, so gut es ging.

Am nächsten Morgen waren sie fröhlicher. Es lag nicht in der Natur der Ythrier zu brüten – nicht einmal im Sinn eines schlechten Wortspiels, weil sie lebendige Junge zur Welt brachten –, und Vogel-Menschen hatten versucht, sich das abzugewöhnen. Heute sollte, abgesehen von einigen Gefolgsleuten für Instandhaltungsarbeiten, Lythrans Haushalt zu dem Berg fliegen, wo sich der regionale Khruath traf. Unterwegs würden sich andere Stormgate-Familien anschließen; bei der Ankunft würden sie andere Choths vorfinden. So düster auch der Anlaß dieses Treffens war, es würde ein Teil der Farbe, Erregung, privater Geschäfte und des privaten Vergnügens geben, die für die normalen Versammlungen typisch waren.

Und der frühe Morgen war klar, und es wehte Rückenwind.

Eine Trompete schmetterte, Lythran schwang sich von der Spitze seines Turms herab. Seine Leute hoben die Flügel, bis die Schlitze darunter klafften, purpurn vom Blut unter dem sauerstoffsaugenden Gewebe. Die Schwingen klappten herunter und hoch; die Ythrier schossen vom Boden empor, fanden Aufwind und schlossen sich zur Formation zusammen, dann flogen sie ostwärts über die Gipfel.

Arinnian blieb in Eyaths Nähe. Sie lächelte ihn an und begann zu singen. Sie hatte eine schöne Stimme – beinahe einen Sopran – die die Pfeif- und Gutturallaute der Planha-Sprache in Gesang verwandelte. Was sie sang, war ein traditionelles Lied, aber es war für Arinnian bestimmt, weil er es ins Inglische übertragen hatte, wenngleich er stets das Gefühl hatte, daß seine Sprache der Verzückung und Vision des Originals nicht gerecht wurde.

›Greller Glanz der erwachenden Sonne
den Jäger im Fluge begrüßt,
schreckt fort die Sterne,
wenn sich der Schimmer über die Schwingen ergießt.
Blau des Himmels gehöhlte Schale,
tönend im steigenden Wind,
weit die Wälder und Wiesen der Berge,
groß und grün sie gewachsen sind.
Aber sieh nur, sieh,
ein roter Strahl
durchzuckt den Dunst.
Ein Breithornbock
verraten hie.
Die Klaue krallt.

Durch den wirbelnden Wind hinab der Fall,
summendes, singendes Spiel.
Die Jagd, die Jagd, wie kommt sie früh,
die Fittiche hoch, den Blick auf das Ziel.
Hinab der Sturz in sausender Fahrt,
getrieben von Wind und Flügelschlag,
wie die Schlange stößt, wenn sie Beute späht,
der Blitz pfeilt durch den Tag.

Der Bock steht still
für einen Schlag,
bevor dem Tod
er entfliehen will.
Der Hammer kommt.
Die Klaue trifft.

Hell und weit ist die Mittagszeit.
Im Schatten sitzen, stumm,
vom Mahle gesättigt, und halb im Traum.
Doch dann wirfst du dich plötzlich herum.
Hinauf die Schwingen, sie tragen dich bald,
vom Regen gereinigt danach.
Der Wind geht auf im dichten Wald,
und das Rauschen des Laubs klingt froh.
Am Baum der Ast
sich ächzend wirft.
Hinauf und immer hinauf.
Zeit zum Flug.
Die Kralle geht auf.

Empor durch des Regens reißenden Strom,
wo dumpf der Donner grollt.
Hinauf führt der Weg in des Himmels Schein,
Hagelwind, vom Dröhnen durchrollt.
Durch finstere Wolken schießt du doch
zur Sonne dann steil empor,
läßt hinter dir alles, was hemmen kann.
Der Himmel ist heilig und hoch.
Der Glanz strahlt Gold
voll Zärtlichkeit
durchs endlose
stumme Blau.
Die Kralle schließt sich, schau!‹

2

Avalon dreht sich in 11 Stunden, 22 Minuten, 12 Sekunden um eine Achse, die um 21° gegen die Bahnebene geneigt ist. So kennt Gray, auf etwa 43° Nord, nur kurze Nächte; im Sommer scheint die Dunkelheit nur einen Lidschlag lang zu dauern. Daniel Holm fragte sich, ob das der Grund für seine Müdigkeit war.

Vermutlich nicht. Er war hier geboren. Seine Vorfahren hatten seit Jahrhunderten hier gelebt; sie waren mit Falkayn hergekommen. Wenn eine Einzelperson ihren biologischen Rhythmus ändern konnte – wie er es in seiner Zeit als Rennfahrer oft hatte tun müssen –, dann mußte es einer ganzen Rasse erst recht gelingen. Die Ärzte sagten, daß die Niederlassung in einer Schwerkraft, die nur achtzig Prozent von jener Terras ausmachte, größere Anforderungen an den Organismus stellte; das gesamte Flüssigkeitsgleichgewicht und das Bewegungsempfinden mußten sich umstellen. Außerdem war, was die Menschen auf sich nehmen mußten, bedeutungslos gegenüber dem, was ihren Mit-Kolonisten zugemutet wurde. Die Ythrier hatten einen ganzen Fortpflanzungszyklus auf ein anderes Jahr, Gewicht, Klima, eine andere Ernährung, eine andere Welt verschieben müssen. Kein Wunder, daß ihre ersten Generationen nur von geringer Fruchtbarkeit gewesen waren. Trotzdem überlebten sie, am Ende gediehen sie.

Es war deshalb Unsinn, anzunehmen, daß man als Mensch durch anderes ermüden konnte als durch Überarbeitung – und, ja, durch das Alter, trotz der Alterungshemmung. Oder doch nicht? Wirklich nicht? Wenn man alt wurde, wenn man sich seinen Toten und all jenen näherte, die vor ihnen vergangen waren, mochte sich dann das Ich nicht zu seinen frühesten Anfängen zurücksehnen, zu einer Menschenheimat, die man nie gesehen, aber die man doch im Gedächtnis trug?

Quatsch! Hör auf damit! Wer sagt, daß vierundachtzig alt ist? Holm riß eine Zigarre aus der Tasche und biß das Ende ab. Der Zug, mit dem sie entzündet wurde, war unnötig scharf.

Er war von mittlerer Größe und stämmig in dem olivfarbenen Rock und der ausgebeulten Hose, die menschliche Angehörige der ythrischen Streitkräfte trugen. Die mongoloide Seite seiner Abstammung zeigte sich im runden Schädel, dem breiten Gesicht, den starken Backenknochen, vollen Lippen und breiter Nase; das Kaukasische in grauen Augen, einer Haut, die blaß gewesen wäre, hätte er nicht seine freie Zeit im Freien auf der Jagd und im Garten verbracht. Und das auf dem Kopf angegraute Haar war auf der Brust noch immer schwarz. Wie die meisten Männer auf diesem Planeten unterdrückte er seinen Bartwuchs.

Er watete im letzten Meer von Meldungen, das ihm seine Adjutanten weitergereicht hatten, als das Sprechgerät summte und sagte: »Erster Marchwardener Ferune wünscht eine Besprechung.«

»Klar!« Holms Vorgesetzter war eben von Ythri zurückgekommen. Holm griff nach einer Taste, zog die Hand zurück und sagte: »Warum nicht persönlich? Ich komme sofort.«

Er stapfte hinaus. Im Korridor herrschte reges Treiben – Marinepersonal, Zivilangestellte der lauranischen Admiralität – und die Klimaanlage des Gebäudes wurde überlastet, bis der Körpergeruch der beiden Gattungen bemerkbar wurde, ein wenig scharf der menschliche, leicht rauchig der ythrische. Die letzteren Wesen waren zahlreicher, im Gegensatz zum Verhältnis der Bevölkerungsziffern auf Avalon. Es war aber eine ganze Anzahl von anderen Planeten der Domäne hier, vor allem von der Mutterwelt, bemüht, diesem Grenzplaneten bei der Vorbereitung für die Krise zu helfen.

Holm zwang sich, unterwegs nach links und rechts zu grüßen. Seine Freundlichkeit war zu einer Schutzmarke geworden, deren Wert er erkannte. Zu Anfang war sie echt, dachte er.

Die Ehrenwache salutierte und ließ ihn bei Ferune vor. Der Innenraum war typisch: geräumig und dürftig eingerichtet, ein paar strenge Verzierungen, Bank und Schreibtisch und Büromaschinerie auf ornithoide Bedürfnisse abgestellt. Statt einer transparenten Stelle in der Wand gab es ein echtes, riesiges Fenster, Gartendüften und dem Ausblick auf Gray und dem dahinter glitzernden Wasser geöffnet.

Ferune hatte verschiedene Souvenirs von außerhalb des Planeten hinzugefügt und ein Bücherregal mit großbändigen Ausgaben der terranischen Klassiker, die er, in drei Originalsprachen, zum Vergnügen las. Ein eher kleiner, gelbbraun gefiederter Mann, war er eine Art Bilderstürmer. Sein Choth, Mistwood, war stets einer der progressivsten auf Avalon gewesen, ebenso mechanisiert wie eine menschliche Gemeinschaft, und als Folge davon groß und wohlhabend. Er hatte wenig Geduld für Tradition, Religion und alles Konservative. Er ertrug ein Minimum an Formalitäten, weil er mußte, gab aber nie vor, sie zu schätzen.

Er sprang von seiner Sitzstange, eilte auf Holm zu und gab ihm nach irdischer Art die Hand.

»Khr-r-r, schön, dich zu sehen, alter Halunke!« Er sprach Planha; die ythrischen Kehlen waren nicht so vielseitig wie die menschlichen – allerdings konnte kein Mensch die Laute ganz richtig bilden – und er wünschte weder das störende Ärgernis eines Sprechwandlers noch die Groteskerie eines Akzents.

»Wie war es?« fragte Holm.

Ferune schnitt eine Grimasse. Das ist der falsche Ausdruck. Sein Gefieder war nicht nur viel komplexer als das terranischer Vögel, es stand auch in engerer Verbindung mit Muskeln und Nervenenden, und seine Bewegungen führten zu einem ganzen Universum von Ausdrucksmöglichkeiten, wie sie dem Menschen für ewig versagt waren. Ärger, Unruhe, heimlicher Zorn und Betroffenheit huschten über seinen Körper.

»Hm.« Holm fand einen Stuhl, der für ihn geeignet war, setzte sich und sog den Rauch in sich hinein. »Erzähl mal.«

Fußklauen tickten über schön gemasertes Holz. Ferune ging auf und ab.

»Ich werde einen umfassenden Bericht diktieren«, sagte er. »Kurz gefaßt, schlimmer, als ich erwartet habe. Ja, sie bemühen sich, ein einheitliches Kommando zu schaffen und die Vorstellung des Vorgehens nach Anweisungen jedem Kapitän einzutrichtern, aber sie haben nicht die leiseste Ahnung, wie sie das anstellen sollen.«

»Herr am Stock«, entfuhr es Holm, »wir predigen es ihnen seit fünf Jahren! Ich dachte – ach, Mensch, die Nachrichtenverbindungen in dieser sogenannten Marine sind so lahm, ich hatte keinen Anhalt außer Eindrücken, und es müssen wohl die falschen gewesen sein – aber du weißt, ich dachte, wir dachten, daß eine halbwegs vernünftige Umorganisation im Gange sei.«

»Das war sie, aber sie ist wieder zerlaufen. Anmaßender Stolz, Streitigkeiten, Rangelei um Einzelheiten. Wir Ythrier – unsere beherrschende Kultur, jedenfalls – passen nicht gut in streng zentralisierte Organisationen.« Ferune machte eine Pause. »Das einflußreichste Argument gegen den Vorschlag, unsere getrennten, locker koordinierten planetarischen Kommandos gegen eine Hierarchie nach terranischem Muster einzutauschen, war eben dies, daß Terra über wesentlich größere Streitkräfte verfügen mag, diese aber ein vielfach größeres Raumvolumen zu kontrollieren haben als die Domäne, und wenn sie uns bekämpfen, dann sitzen sie am Ende einer derart langen Kommunikationslinie, daß ein vereinigtes Vorgehen ausgeschlossen sei.«

»Ha! Ist den Schwachköpfen auf Ythri nicht der Gedanke gekommen, daß das Imperium nicht verblödet ist? Wenn Terra zuschlägt, dann führt es den Krieg nicht von Terra aus, sondern von einem Sektor in der Nähe unserer Grenzen.«

»Wir haben wenig Anzeichen dafür gefunden, daß in nahen Systemen Kräfte massiert werden.«

»Natürlich nicht!« Holm schlug mit der Faust auf die Armlehne. »Würden sie ihre Vorbereitungen so auffällig durchführen? Würdest du das tun? Sie werden sich im Weltraum versammeln, Parsecs von jedem Stern entfernt. Minimaler Verkehr zwischen der sich sammelnden Flotte und den Planeten, an die sich unsere Späher anzuschleichen vermögen. In ein paar Kubik-Lichtjahren können sie Kräfte zusammenziehen, die uns aus dem Raum blasen.«

»Das hast du mir schon ein paarmal erklärt«, sagte Ferune trocken. »Ich habe es weitergegeben. Mit wenig Erfolg.« Er blieb stehen. Einige Zeit blieb es still. Das gelbe Licht Lauras warf Laubschatten auf den Boden. Sie zitterten.

»Immerhin haben uns unsere Methoden während der Wirren gerettet«, meinte Ferune.

»Du kannst Kriegslords, Piraten, kleine Eroberer, Barbaren, die nie über ihre Stratosphären hinausgekommen wären, wenn sie nicht zufällig praktisch völlig automatische Schiffe besessen hätten – du kannst diesen Pöbel nicht mit dem terranischen Imperium vergleichen.«

»Ich weiß«, erwiderte Ferune. »Der springende Punkt ist, die ythrischen Methoden haben uns gute Dienste geleistet, weil sie mit der ythrischen Art übereinstimmen. Ich habe mich während dieser letzten Reise gefragt, ob ein Versuch, schlechte Kopien unserer Rivalen zu werden, nicht von vornherein zum Scheitern verurteilt sein muß. Der Versuch wird unternommen, wohlgemerkt – du wirst Einzelheiten zu hören bekommen, bis sie dir zum Hals heraushängen – aber es könnte sein, daß wir außer Verwirrung nichts erreichen. Ich habe entschieden, daß Avalon zwar alle Anstrengungen zur Zusammenarbeit machen muß, aber gleichzeitig wenig Hilfe von außen zu erwarten hat.«

Wieder wurde es still. Holm sah ihn erstaunt an, seinen Vorgesetzten, Kameraden, jahrelangen Freund; und nicht zum erstenmal kam ihm zum Bewußtsein, wie fremd sie sich eigentlich waren.

Er ertappte sich dabei, daß er Ferune betrachtete, als sei er noch nie einem Ythrier begegnet.

Der Marchwardener war im Stehen etwa 120 Zentimeter hoch, von den Füßen bis zum Kamm; eine hochgewachsene Person hätte 140 Zentimeter erreicht oder die mittlere Brusthöhe Holms. Da der Körper nach vorne geneigt war, betrug die eigentliche Länge von der Schnauze bis zum Schwanz etwas mehr. Ferunes Gewicht lag bei etwa zwanzig Kilogramm, das Höchstgewicht seiner Art bei dreißig.

Der Kopf sah aus wie gemeißelt. Er wölbte sich von einer niedrigen Stirn nach hinten und barg das Gehirn. Ein Knochenwulst bog sich nach vorn herunter zu zwei Nasenlöchern, nahezu ganz verborgen durch Federn, die über einem beweglichen Mund voller scharfer weißer Fangzähne und einer purpurroten Zunge standen. Der Kiefer, zurückgesetzt und eher zart, ging in einen kräftigen Hals über. Das Gesicht wurde beherrscht von den Augen, groß und bernsteinfarben, und von dem dichten, gezackten Federkamm, der sich aus der Stirn erhob, den Kopf überragte und bis zur Hälfte des Halses hinunterreichte: zum Teil für aerodynamische Zwecke, zum Teil als Helm für den dünnen Schädel.

Der Rumpf ragte mit einem großen Kielbein vor, an dessen unterem Ende die Arme saßen. Sie waren den Armen eines hageren Menschen nicht unähnlich, was Größe und Erscheinung betraf; sie waren ungefiedert, und die Haut war bei Ferune dunkelgelb, bei anderen ythrischen Unterarten braun oder schwarz. Die Hände waren weniger menschenähnlich. Jede besaß drei Finger zwischen zwei Daumen; jeder einzelne Finger verfügte über mehr Gelenke als sein terranisches Gegenstück, und einen Nagel, den man eher als Klaue bezeichnen mußte. Das Handgelenk besaß an der Innenseite eine Afterklaue. Die Hände waren im Verhältnis zu den Armen groß, und Muskeln spielten auf ihnen wie Schlangen; sie hatten sich als Reißwerkzeuge entwickelt, zur Unterstützung der Zähne. Der Körper endete in einem fächerförmigen Federschwanz, starr genug, um als Stütze dienen zu können.

Im Augenblick waren die riesigen Schwingen aber zusammengefaltet und dienten als Beine. In der Mitte der Vorderkanten beugte sich ein ›Knie‹-gelenk in umgekehrter Richtung; diese Knochen rasteten beim Flug ein. Vom ›Knöchel‹ ragten drei Zehen nach vorn und eine nach hinten als Fuß; in der Luft schlossen sie sich um den Flügel, zur Stärkung und genaueren Steuerung. Die verbleibenden drei Zehen des Ornithoid-Vorfahren waren verschmolzen zum Alatan-Knochen, der über einen Meter weit vorragte. Die Haut über seiner vorderen Hälfte war nackt und beschwielt, eine weitere Stütze.

Da Ferune männlichen Geschlechts war, erhob sich sein Kamm höher als der einer Frau, und er und der Schwanz waren weiß mit schwarzem Rand; bei einer Frau wären beide von schimmerndem Schwarz gewesen. Der restliche Körper war heller gefärbt als bei seiner Gattung üblich, deren Färbung von Graubraun bis Schwarz reichte.

»Khr-r-r.« Der Kehllaut riß Holm aus seiner Versunkenheit. »Du starrst.«

»Oh. Verzeihung.« Für einen echten Fleischfresser war das unhöflicher als bei allesfressenden Menschen. »Meine Gedanken sind abgeirrt.«

»Wohin?« fragte Ferune, wieder milder.

»M-m-m – na – na ja. Ich habe mir überlegt, wie wenig meine Art in der Domäne eigentlich zählt. Ich finde, wir sollten vielleicht lieber davon ausgehen, daß alles nach ythrischer Art gemacht wird, und das Beste daraus zu machen versuchen.«

Ferune gab einen trillernden ›Erinnerungs‹-Laut von sich und bewegte bestimmte Federn. Es gab keine genaue inglische Entsprechung dafür, aber man konnte es etwa übersetzen mit: »Eure Art ist nicht die einzige nicht-ythrische unter unserer Hegemonie. Ihr seid nicht die einzigen, die technologisch auf dem laufenden sind.« Planha war überhaupt nicht so lakonisch, wie es durch seine verbalen Regeln erschien.

»N-nein«, murmelte Holm. »Aber wir – im Imperium sind wir die Führer. Sicher, Groß-Terra umfaßt eine ganze Menge Heimatwelten und Kolonien nicht-menschlicher Wesen, und viele Leute von anderswo haben die terranischen Bürgerrechte erhalten, sicher. Aber in Schlüsselpositionen aller Art sind mehr Menschen als Angehörige aller anderen Rassen – na, vielleicht aller anderen Rassen zusammen.« Er seufzte und betrachtete seine Zigarre. »Was sind die Menschen hier in der Domäne? Eine Handvoll hier auf diesem Globus. Gewiß, wir kommen herum, wir haben Erfolg, aber es bleibt dabei, daß wir eine nicht sehr bedeutende Minderheit in einem ganzen Haufen von Minderheiten sind.«

»Bedauerst du das?« fragte Ferune leise.

»Wie? Nein. Nein. Ich meinte nur, na ja, die Domäne hat wahrscheinlich zu wenig Menschen, die eine Marineorganisation nach menschlichem Muster erklären und verwalten könnten. Es ist also besser, wenn wir uns euch anpassen, statt ihr uns. Es ist ohnehin unvermeidlich. Selbst auf Avalon, wo es mehr von uns gibt, ist es unvermeidlich.«

»Ich höre Leere in deiner Stimme und sehe sie in deinen Augen«, sagte Ferune sanfter, als es seine Gewohnheit war. »Du denkst wieder an deinen Sohn, der ins Gefieder geschlüpft ist, nicht wahr? Du fürchtest, daß seine jüngeren Brüder und Schwestern so handeln werden wie er.«

Holm sammelte Kraft zur Antwort.

»Du weißt, daß ich eure Art respektiere. Ich habe es immer getan und werde es stets tun. Ich werde auch nicht vergessen, wie Ythri meine Leute aufgenommen hat, als Terra unter ihnen verrottet war. Es ist nur ... nur ... wir verdienen auch Achtung, oder nicht?«

Ferune trat vor, bis er eine Hand auf Holms Schenkel legen konnte. Er verstand das Bedürfnis der Menschen, von ihrem Leid zu sprechen.

»Als er, als Chris anfing, mit Ythriern herumzulaufen, herumzufliegen, na, da war ich froh«, fuhr Holm fort. Er blickte zum Fenster hinaus. »Er war immer zu sehr in den Büchern vergraben gewesen, zu allein. Seine Stormgate-Freunde, seine Besuche dort waren da – Später, als er und

Eyath mit ihren Freunden sich auf dem ganzen Planeten herumtrieben – nun, er schien das zu wiederholen, was ich in seinem Alter getan hatte, nur daß er jemanden im Rücken hatte, wenn es gefährlich werden sollte. Ich dachte, daß er schließlich vielleicht zur Marine gehen würde –« Holm schüttelte den Kopf. »Ich habe erst zu spät bemerkt, daß ihn nicht die altmodische Ruhelosigkeit bewegte. Als ich dann aufwachte und wir zu streiten begannen und er weglief und sich ein Jahr lang mit Eyaths Hilfe auf den Shielding-Inseln versteckte – aber es hat wohl keinen Sinn, wenn ich weiterrede, nicht wahr?«

Ferune winkte ab. Nachdem Daniel Holm wutentbrannt in Lythrans Haus gestürmt war und Beschuldigungen hervorgestoßen hatte, war es dem Ersten Marchwardener nur mit großer Mühe gelungen, vermittelnd einzugreifen und ein Duell zu verhindern.

»Nein, ich hätte heute nichts sagen sollen«, fuhr Holm fort. »Es ist nur – Rowena hat gestern nacht geweint. Weil er wegging und sich von ihr nicht verabschiedete. Sie macht sich vor allem Sorgen darüber, was in ihm vorgeht, seitdem er sich dem Choth angeschlossen hat. Kann er, zum Beispiel, jemals normal heiraten? Gewöhnliche Mädchen sind nicht mehr sein Typ, und Vogelmädchen – Und, ja, unsere jüngsten Kinder. Tommy ist völlig außer sich, was alles Ythrische angeht. Der Schulmonitor mußte persönlich erscheinen und uns mitteilen, wie er versäumt hat, das Material zu studieren, die Arbeiten vorzulegen oder die Berater aufzusuchen, die ihm zugeteilt waren. Und Jeanne hat ein paar ythrische Spielkameraden gefunden –«

»Soviel ich weiß, haben Menschen, die in einen Choth eingetreten sind, ein zufriedenstellendes Leben geführt«, sagte Ferune. »Probleme gibt es da natürlich immer. Aber in welchem Leben nicht? Außerdem sollten sich die

Schwierigkeiten verringern, je größer die Zahl dieser Personen wird.«

»Paß auf«, sagte Holm stockend, »ich bin nicht gegen eure Leute. Meine Beine sollen mich im Stich lassen, wenn ich es jemals war. Ich habe niemals gesagt oder gedacht, daß an dem, was Chris getan hat, etwas Unehrenhaftes sei, so wenig, wie ich es gesagt oder gedacht hätte, wenn er, nun, wenn er einem zölibatären Priesterorden beigetreten wäre. Aber das hätte mir auch nicht behagt. Es ist für einen Menschen auch nicht natürlich. Und ich habe alles studiert, was ich über Vogelmenschen finden konnte. Gewiß, die meisten behaupteten, sie seien glücklich. Wahrscheinlich glaubten die meisten es auch. Ich werde das Gefühl nicht los, daß sie gar nicht begriffen haben, was ihnen entging.«

»Wanderer«, sagte Ferune. In Planha genügte das. Auf Inglisch hätte er ungefähr sagen müssen: »Auch wir haben unseren Anteil verloren, diejenigen, die die Choths verließen, um einzelne Individuen nach menschlicher Art in einer globalen menschlichen Gemeinschaft zu werden.«

»Einfluß«, fügte er hinzu, was vermittelte: »Über die Jahrhunderte hinweg sind auf Avalon nicht wenige von uns verbittert geworden angesichts dessen, was eure Gebote und euer Beispiel bei den Choths selbst angerichtet haben. Viele sind es noch. Ich vermute, daß das ein Hauptgrund dafür ist, weshalb verschiedene solcher Gruppen auf der Heimatwelt reaktionärer geworden sind als alle anderen.«

»War es nicht die Grundidee dieser Kolonie, daß beide Rassen einander das Recht zubilligen sollten, zu sein, was sie waren?« erwiderte Holm.

»Das wurde im Pakt niedergelegt und bleibt dort bestehen«, sagte Ferune mit zwei Silben und drei Ausdrücken.

»Niemand ist gezwungen worden. Aber wie können wir im Zusammenleben verhindern, daß wir uns verändern?«

»Mhm. Weil Ythri im allgemeinen und Mistwood im besonderen erfolgreich terranische Technologie übernommen und abgewandelt haben, glaubt ihr, daß es um nichts geht als um einen vernünftigen Austausch von Ideen. So einfach ist es aber nicht.«

»Das habe ich auch nie behauptet«, sagte Ferune, »nur, daß wir die Zeit nicht mit einem Netz auffangen können.«

»Ja. Es tut mir leid, wenn ich – Nun, ich wollte nicht jammern, vor allem deshalb nicht, weil du das schon oft genug gehört hast. Es ist zu Hause nur sehr düster.« Er stand auf, ging an dem Ythrier vorbei und blieb am Fenster stehen, wo er durch einen Rauchschleier hinaussah. »Machen wir uns an die Arbeit«, sagte er. »Ich möchte konkrete Fragen zur Verfassung der Domäne und den Vorbereitungen stellen. Und du hörst dir lieber an, was sich hier getan hat, während du fort warst – hier und im ganzen System Laura. Das ist nämlich auch nicht sehr erfreulich.«

3

Der Flugwagen erkannte sein Ziel und sank herab. Die ursprüngliche Höhe war so gewesen, daß der Insasse ein Dutzend Pünktchen Land, verstreut auf glitzerndem Wasser, gesehen hatte. Als er heruntersank, waren sie aber alle hinter dem Horizont verschwunden. Nur der schroffe Kegel von St. Li war noch sichtbar.

Mit einem Äquatordurchmesser von bloßen 11308 Kilometern hat Avalon einen flüssigen Kern, der im Verhältnis kleiner als jener der Erde ist; eine Masse von 0,635 kann nicht ebensoviel Wärme speichern. So sind die Kräfte, die Land nach oben schieben, gering. Gleichzeitig schreitet die Erosion schnell fort. Der Luftdruck in Meereshöhe entspricht etwa dem der Erde und sinkt mit zunehmender Höhe langsamer wegen dem Schwerkraftgradienten – und schnelle Rotation erzeugt heftige Wetterkontraste. Demzufolge ist die Oberfläche meist tief gelegen, und der höchste Gipfel in den Andromedas erhebt sich nur bis 4500 Meter. Es gibt auch keine großen Landmassen. Corona, über dem Nordpol, und hinabreichend über den Wendekreis des Schwertes, umfaßt kaum acht Millionen Quadratkilometer, das entspricht etwa der Größe Australiens. In der anderen Hemisphäre konnte man Äquatoria, Neu-Afrika und Neu-Gaiila eher große Inseln nennen als kleine Kontinente. Alles andere besteht aus viel kleineren Inseln.

Eines jedoch ist gigantisch. Etwa zweitausend Kilometer westlich von Gray beginnt jene Unterwasser-Bergkette, deren in die Luft ragenden Gipfel als Oronesia bekannt sind. Sie verläuft in südlicher Richtung, kreuzt den Wendekreis des Speeres und endet nicht weit von der Antarktis entfernt. So bildet sie eine echte hydrologische Grenze; ihre Westseite begrenzt den Mittleren Ozean, die östliche das Hesperidenmeer in der nördlichen Halbkugel und den Südlichen Ozean jenseits des Äquators. Sie erhält eine unglaublich reiche, eigene Ökologie. Und dadurch wurde sie nach der Kolonisierung zu einem soziologischen Phänomen. Alle Exzentriker, Menschen oder Ythrier, konnten hingehen, eine oder mehrere Inseln umwandeln und ihr eigenes ungestörtes Leben führen.

Die Festland-Choths unterschieden sich ebenso der Größe nach wie nach Organisation und Tradition. Ob sie nun aber grob Ähnlichkeit mit Klans, Stämmen, Baronien, religiösen Gemeinden, Republiken oder was auch immer hatten, sie zählten ihre Angehörigen stets mindestens nach Tausenden. In Oronesia gab es Einzelhaushalte, die den Namen trugen; erwachsen und verheiratet sollten die Kinder neue, unabhängige Gemeinschaften gründen.

Natürlich war diese extreme Art eine Ausnahme. Die Highsky-Leute etwa waren zahlreich und beherrschten die Fischerei um den 30. Breitengrad und hielten einen großen Teil des Archipels besetzt. Und sie waren von eher konventioneller Art, insoweit das Wort, auf Ythrier angewendet, irgendeine Bedeutung besaß.

Der Luftwagen landete auf dem Strand unter einem Lager. Die Heraustretende war hochgewachsen, mit dunkelroten Haaren, gekleidet in Sandalen, Kilt und Waffen.

Tabitha Falkayn hatte das Fahrzeug herabschweben sehen und ging darauf zu.

»Hallo, Christopher Holm«, sagte sie auf Inglisch.

»Ich komme als Arinnian«, erwiderte er auf Planha. »Das Glück fliege mit dir, Hrill.«

Sie lächelte.

»Entschuldige, wenn ich dazu nicht Stellung nehme.« Nach einer kurzen Pause fuhr sie fort: »Du hast telefonisch gemeldet, daß du mich in einer öffentlichen Sache sprechen willst. Es muß mit der Grenzkrise zusammenhängen. Dein Khruath wird entschieden haben, daß West-Corona und Nord-Oronesia eine Methode erarbeiten müssen, das Hesperidenmeer zu verteidigen.«

Er nickte verlegen, und seine Augen suchten Zuflucht vor ihrer Belustigung.

Über ihnen wölbte sich riesig der Himmel, Sonnenglanz auf Kumuluswolken. Ein Matrose segelte in der Ferne, auf der Suche nach Piscoidenschwärmen; ein Schwarm von ythrischen Shuas flatterte vorbei, gehütet von einem

Hüter und seinen Uhoths; Pteropleurone schwammen an einem Riff. Das Meer brandete indigofarben, wurde am Strand leuchtend grün und warf Schaum auf weißen Sand. Schleppnetz-Fischerboote kreuzten draußen. Landeinwärts stieg der Boden steil an. Die oberen Hänge trugen noch einen blassen Smaragdüberzug aus Susin; nur ein paar Sorten Sträucher gediehen noch bei diesen ineinander verzweigten Wurzeln. Aber tiefer unten waren die Hügel bepflügt. Dort raschelte rötlich ythrisches Traubenkorn, als Bodendecke und zur Nahrung für die Shuas, während sich darüber Haine aus Kokospalmen, Mangobäumen, Orangenbäumen und Pumpernickelpflanzen erhoben, um die menschlichen Mitglieder von Highsky zu ernähren. Ein Wind wehte, warm, aber frisch, voll Salz, Jod und Duft.

»Man war wohl der Ansicht, daß Vogel-Vogel-Konferenzen eine gute Idee wären«, fuhr Tabitha fort. »Ihr Gebirgler werdet es schwer haben, uns Seebewohner zu verstehen, und umgekehrt, auch ohne das Handikap verschiedener Gattungen. Ornithoide treffen einander, wie?« Sie wurde nachdenklich. »Du mußt natürlich Delegierter sein. Es gibt ja so wenige von deiner Sorte. Aber weshalb persönlich erscheinen? Nicht, daß du nicht willkommen wärst. Trotzdem, ein Anruf –«

»Wir – wir müssen uns vielleicht ausführlich unterhalten«, meinte er. »Tagelang, mit Pausen.« Er ging davon aus, daß man gastfreundlich sein würde; alle Choths betrachteten den Gast als etwas Heiliges.

»Aber wieso ich? Ich bin nur eine Hiesige.«

»Du bist eine Nachkommin von David Falkayn.«

»Das bedeutet nicht viel.«

»Wo ich lebe, schon. Außerdem – nun, wir haben uns früher schon getroffen, bei den größeren Khruaths und bei Besuchen, und – wir kennen uns ein wenig. Ich wüßte nicht, wo ich bei völlig Fremden anfangen sollte. Wenn nichts sonst, dann kannst du – du mir raten, mit wem ich sprechen soll, und mich einführen. Oder nicht?«

»Gewiß.« Tabitha ergriff seine beiden Hände. »Außerdem freue ich mich, dich zu sehen, Chris.«

Sein Herz pochte. Er gab sich Mühe, nicht von einem Bein auf das andere zu treten. Warum bin ich bei ihr so schüchtern? Anziehend war sie ja wirklich. Ein paar Jahre älter als er, groß, kräftig, mit vollen Brüsten und langbeinig. Sie hatte eine Stupsnase, einen breiten Mund, grüne, weit auseinanderstehende Augen, dichte Brauen; die weiße Narbe an ihrem rechten Jochbein hatte sie nie entfernen lassen. Ihr Haar, unter den Ohren kurzgeschoren, war flachsblond gebleicht. Es wehte bannergleich über der braunen, ein wenig sommersprossigen Haut.

Er fragte sich, ob sie so beiläufig ins Bett stieg wie die Vogelmädchen Coronas – nie mit einem männlichen Gegenstück, stets mit einem jovialen, kräftigen, nicht übermäßig intelligenten Handarbeiter – oder ob sie Jungfrau war. Es erschien ihm unwahrscheinlich. Welcher Mensch konnte, vor allem bei niedriger Liebeszeit, der Reinheit einer Eyath entsprechen? Aber Highsky war nicht Stormgate oder The Tarns – Tabitha hatte keine Begleiter ihrer eigenen Art hier – allerdings reiste sie oft und weit . . . Er schob die Gedanken beiseite.

»He, du wirst ja rot«, sagte sie lachend. »Habe ich eine deiner kostbaren moralischen Regeln verletzt?« Sie ließ ihn los. »Wenn ja, dann entschuldige ich mich. Aber du nimmst dergleichen viel zu ernst. Nimm's leicht. Ein gesellschaftlicher Ritus oder ein Lapsus sind keine Dinge, bei denen es um Leben und Tod geht.«

Für sie ist es leicht, dachte er. Ihre Großeltern sind in diesen Choth aufgenommen worden. Ihre Eltern und ihre Kinder wuchsen darin auf. Ein Viertel der Mitglieder muß jetzt menschlich sein. Und sie haben ihn beeinflußt – wie dieser Fischereibetrieb, den sie und Draun gegründet haben, ein rein privates Unternehmen –

»Für Fröhlichkeit haben wir leider keine Zeit«, sagte er stockend. »Wir haben Unwetter vor uns.«

»Wirklich?«

»Das Imperium dehnt sich in unserer Richtung aus.«

»Komm mit zum Haus.« Tabitha ergriff seinen Arm und zog ihn mit. Die strohgedeckten Holzgebäude waren niedriger als die meisten ythrischen Häuser und hielten mehr aus, als man vermutete, denn hier gab es sonst wenig Schutz vor den Orkanen Avalons. »O ja«, sagte sie, »seit Manuel I. ist das Imperium schnell gewachsen. Aber ich habe die Geschichte studiert. Wie ist das Gebiet unter Kontrolle gebracht worden? Einfach durch Partnerschaft, bei manchen jedenfalls – zivilisierte Nicht-Menschen wie die Kynthier fanden das von Vorteil. Andere durch Kauf oder Tausch. Wieder andere durch Eroberung, gewiß – aber immer von Primitiven, oder höchstens von Leuten, deren Stärke im Weltraum unendlich geringer war als die von Groß-Terra. Bei uns haben sie es viel schwerer.«

»Wirklich? Mein Vater sagt –«

»Mhm. Die Sphäre des Imperiums erreicht einen Durchmesser von vierhundert Lichtjahren, die unsere etwa achtzig. Von allen Systemen darin hat das Imperium zu einigen tausend direkten Kontakt, in gewissem Maße jedenfalls, und wir mit knapp zweihundertfünfzig. Aber siehst du nicht, daß wir unsere Planeten besser kennen, Chris? Wir sind kompakter. Unsere gesamten Ressourcen sind geringer, aber unsere Technologie ist ebenbürtig. Und dann sind wir von Terra weit entfernt. Weshalb sollte man uns angreifen? Wir bedrohen Terra nicht, wir behaupten nur unsere Rechte entlang der Grenze. Wenn sie mehr Platz brauchen, dann finden sie genug davon näher bei sich zu

Hause, Sonnen, die sie noch nie besucht haben, und leichter zu erringen als von einer gut bewaffneten Domäne.«

»Mein Vater sagt, wir sind schwach und unvorbereitet.«

»Glaubst du, daß wir einen Krieg verlieren würden?«

Er verstummte, bis sie beide bemerkten, wie der Sand unter ihren Füßen knirschte.

»Nun, keiner geht wohl in einen Krieg und rechnet damit, daß er ihn verliert«, meinte er schließlich.

»Ich glaube nicht, daß sie kämpfen werden«, sagte Tabitha. »Ich glaube, daß das Imperium vernünftiger ist.«

»Trotzdem müssen wir uns vorbereiten. Die Heimatverteidigung gehört dazu.«

»Ja. Wird aber nicht leicht zu organisieren sein, unter hundert oder noch mehr selbständigen Choths.«

»Da können vielleicht wir Vogelleute eine Rolle spielen«, sagte er. »Vor allem seit langem anerkannte, wie deine Familie.«

»Ich helfe gerne«, erwiderte sie. »Und ich kann mir nicht vorstellen, daß die Choths zurückstehen, wenn es darauf ankommt, dem Imperium zu zeigen, wer am höchsten fliegt!«

Eyath und Vodan flogen miteinander. Sie waren ein schönes Paar, beide Gold in Augen und Armen, er ockerbraun, sie dunkelbronzefarben. Unter ihnen erstreckte sich das Stormgate-Land, walddunkle Täler, Gipfel und Felsen, wo Schnee in blaugraues Gestein überging, Schwertklinge eines Wasserfalls und ferner Glanz eines Gletschers. Ein Wind sang und trieb Wolken, die Laura mit Gold umränderte, durch die sonst klare Luft; ihre Schatten rasten und kräuselten sich über die Welt. Die Ythrier tranken von der Kälte des Windes und schwammen in seiner wirbelnden, reißenden, fließenden Kraft. Er streichelte ihr Gefieder, bis sie ihr Federkleid schwanken fühlten.

»Wenn ich von Arinnians Art wäre, würde ich dich gleich heiraten, bevor ich zu meinem Schiff muß«, sagte er. »Aber du wirst erst in einigen Monaten in der Liebeszeit sein, und dann könnte ich tot sein. Ich möchte dich nicht für nichts an solche Trauer binden.«

»Glaubst du, ich würde weniger trauern, wenn ich den Namen ›Witwe‹ nicht besäße?« fragte sie. »Ich würde das Recht verlangen, deinen Gedenktanz aufzuführen. Denn ich weiß, welcher Himmel dir am besten gefällt.«

»Trotzdem, du hättest Probleme, Verpflichtungen meinem Blut gegenüber und so weiter. Nein. Soll unsere Freundschaft geringer sein, weil du eine Weile nicht den Namen Ehefrau trägst?«

»Freundschaft –« murmelte sie. Dann impulsiv: »Ich habe gestern nacht geträumt, daß wir wirklich wie die Menschen waren.«

»Was, ewig in Brunst?«

»Ewig in Liebe.«

»Kh-hng, ich habe nichts gegen Arinnian, aber manchmal frage ich mich, ob du nicht zuviel mit ihm zusammengewesen bist, zu viele Jahre, seit ihr beide klein gewesen seid. Hätte Lythran dich nicht mitgenommen, als er geschäftlich in Gray zu tun hatte –« Vodan sah ihren Kamm sich aufrichten, verstummte und fügte hastig hinzu: »Ja, er ist dein Kamerad. Also auch meiner. Ich wollte dich nur warnen – versuche nicht, ein Mensch zu sein. Du kannst es nicht wollen.«

»Nein, nein.« Eyath spürte einen Abwind vorbeiziehen. Sie schwang sich hinein, ein Flügelschlag, und dann das lange, weite Gleiten, heranzuckende Gipfel, Blick durch den Wald, Gesang und Zärtlichkeit der rauschenden Luft, bis sie sich abfing und wieder hinaufflog, jeder Muskel lebendig – die Thermik durch das kaum merkliche Zittern eines Berges erkennend, ausgebreitet die Schwingen, hinaufschwebend, lachend.

Vodan flog heran.

»Würde ich das eintauschen wollen?« rief sie fröhlich. »Oder du?«

Ekrem Saracoglu, Imperial-Gouverneur des Sektors Pacis, hatte schon einige Zeit angedeutet, daß er die Tochter von Admiral Juan de Jesús Cajal y Palomares kennenlernen wollte. Sie war von Nuevo México gekommen, um offizielle Gastgeberin und weiblicher Majordomo für ihren verwitweten Vater zu sein, nachdem er sein Hauptquartier nach Esperance verlegt und in Fleurville ein Haus gemietet hatte. Der Zeitpunkt war immer wieder verschoben worden. Es lag nicht daran, daß der Admiral den Gouverneur nicht mochte – sie kamen gut miteinander aus – oder seinen Absichten mißtraute, gleichgültig, welchen Ruf als Schürzenjäger er genoß. Luisa war unter Menschen erzogen worden, die auf ihrer trockenen Welt aus reiner Notwendigkeit heraus ein starkes Ehrgefühl besaßen und in ihrem Stolz sehr verletzlich waren. Es lag einfach daran, daß die beiden Männer von ihrer Arbeit überwältigt wurden.

Endlich schienen ihre Unternehmungen gut im Schuß zu sein, und Cajal lud Saracoglu zum Essen ein. In letzter Minute gab es einen albernen Zwischenfall. Der Admiral rief zu Hause an, daß er im Büro ein paar Stunden aufgehalten werde. Der Gouverneur war bereits unterwegs.

»So haben Sie, Donna, den Auftrag erhalten, mich vor einem verschobenen Mahl zu erfreuen«, säuselte Saracoglu über der Hand, die er küßte. »Ich versichere Ihnen, es wird keineswegs schwierig sein.« Sie war klein, hatte aber eine hübsche Figur und ein schönes Gesicht. Er merkte bald, daß sie, wenngleich ernst, gelernt hatte, wie man einem Mann zuhörte und, was noch seltener war, anregende Fragen stellte.

Inzwischen schlenderten sie durch den Garten. Rosensträucher und Kirschbäume mochten beinahe auf der Erde wachsen; Esperance war unter kolonisierten Planeten ein Paradies. Die Sonne Pax stand noch über dem Horizont, jetzt im Mittsommer, sandte aber milde Strahlen über eine alte Ziegelmauer. Ein, zwei Flugwagen blinkten am Himmel, aber Fleurville war nicht groß genug, daß man den Lärm hier draußen gehört hätte.

Saracoglu und Luisa schritten auf Kieswegen dahin und unterhielten sich. Sie wurden bewacht, das hieß, diskret begleitet. Einige Schritte hinter ihnen folgte aber keine Duenna, sondern ein riesiger vierarmiger Gorzunier-Soldat, dem die Nuancen eines Flirts nichts sagten.

Das Problem ist, daß sie sich jetzt ernsthaft unterhält, dachte der Gouverneur.

Zu Beginn war es ganz vergnüglich gewesen. Sie ermutigte ihn, von sich selbst zu sprechen.

» – ja, der Graf von Anatolien, das bin ich. Offen gesagt, auch wenn es auf Terra ist, eine kleine Grafschaft ... Laufbahn-Bürokrat. Wäre vielleicht lieber Künstler geworden – ich dilettiere mit Öl und Ton – vielleicht wollen Sie einmal sehen ... Nun, Sie wissen, wie es so geht. Imperial-Adlige sollen dem Imperium dienen. Wäre ich nur in einer dekadenten Zeit geboren! Wie? Leider hat das Reich seinen Schwung noch nicht verloren –«

Innerlich grinste er über seine Vorstellung. Er, dreiundfünfzig Standardjahre alt, zur Dicke neigend, völlig kahlköpfig, kleine Augen zu nah an einer riesigen Nase, und zwei teure Geliebte in seinem Palast – die Rolle eines Jungen spielend, der die Rolle eines Mannes von Welt spielte! Nun, ab und zu machte ihm das Spaß, Spaß wie farbige Kleidung und Juwelen. Eine Abwechslung von dem wehmütigen Realismus, der ihm nie erlaubt hatte, sein Äußeres durch Bioskulptur zu verändern.

Aber an dieser Stelle fragte sie: »Werden wir die Ythrier wirklich angreifen?«

»Wie?« Er fuhr herum und starrte sie an. »Nun, die Verhandlungen sind in einer Sackgasse, aber –«

»An wem liegt das?« fragte sie scharf.

»Wer hat die Mehrzahl der Zwischenfälle verursacht?« gab er zurück. »Die Ythrier. Nicht, daß sie Ungeheuer wären, wohlgemerkt. Aber sie sind von Natur aus Raubtiere. Und sie haben keine starke Autorität – keine richtige Regierung – zur Kontrolle von Gruppenimpulsen. Das war ein Haupthindernis bei dem Bemühen, zu einer Einigung zu kommen.«

»Wie ernstgemeint war die Bemühung – auf unserer Seite?« fragte sie, ohne ihn anzusehen. »Seit wann wird schon geplant, sie zu überfallen? Mein Vater will mir nichts sagen, aber es ist klar, es war klar, seitdem er hierhergekommen ist – wie oft befinden sich Marine- und Zivilzentralen auf demselben Planeten? – Es ist klar, daß etwas vorbereitet wird.«

»Donna«, sagte Saracoglu ernsthaft, »wenn eine Flotte von Raumfahrzeugen ganze Welten in Grabmäler verwandeln kann, bereitet man sich auf das Schlimmste vor und erläßt strenge Sicherheitsbestimmungen.« Er machte eine Pause. »Man kommt auch dahinter, daß es unklug ist, Sphären einander durchdringen zu lassen, wie es beim Imperium und der Domäne geschehen ist. Ich möchte sagen, daß Sie, jung, in einem relativ isolierten System, daß Sie den Gedanken haben müssen, das Imperium provoziere den Krieg, um die ganze ythrische Domäne zu schlucken. Das trifft aber nicht zu.«

»Was dann?« fragte sie bitter.

»Daß es blutige Zusammenstöße über strittige Gebiete und widerstreitende Interessen gegeben hat.«

»Ja. Unsere Händler verlieren potentielle Gewinne.«

»Wenn das nur die einzige Reibungsfläche wäre. Kommerzielle Streitigkeiten sind immer zu bereinigen. Bei politischen und militärischen Rivalitäten wird es schwerer. Wer von uns soll, zum Beispiel, den Antoranite-Kraoka-Komplex um Beta Centauri bekommen? Einer muß ihn haben, und diese Rohstoffquellen würden Terra sehr stärken. Die Ythrier haben bereits mehr Macht gewonnen, indem sie Dathyna unterwarfen, als wir einer potentiell feindseligen Rasse zubilligen dürfen.

Außerdem können wir, wenn wir diese unsichere Grenze begradigen, einen merseianischen Flankenangriff abwehren.« Saracoglu hob die Hand, um ihren Einwand abzublocken. »Das Roidhunat ist weit entfernt und nicht sehr groß, gewiß, Donna. Es wächst aber erschreckend schnell, und aggressive Eroberungen gehören zu seiner Ideologie. Ein Imperium ist verpflichtet, für die Urenkel vorzusorgen.«

»Weshalb können wir nicht einfach einen Vertrag schreiben, quid pro quo geben und alles gerecht und vernünftig aufteilen?« fragte Luisa.

Saracoglu seufzte.

»Die Bevölkerungen der Planeten würden sich dagegen sträuben, wie leblose Gegenstände behandelt zu werden. Keine Regierung, die eine solche Einstellung vertritt, könnte sich lange halten.« Er deutete zum Himmel hinauf. »Überdies birgt das Universum zu viele Unbekannte. Wir sind Hunderte – früher Tausende – von Lichtjahren weit geflogen, um besonders interessante Sterne zu besuchen. Aber an welchen Myriaden sind wir achtlos vorbeigezogen? Was mag sich ergeben, wenn wir sie aufsuchen? Keine verantwortliche Autorität, ob menschlich oder ythrisch, wird solche Möglichkeiten blind einem Fremdwesen überlassen.

Nein, Donna, das ist kein Problem, für das es saubere, endgültige Lösungen gibt. Wir müssen improvisieren und unser Bestes tun. Dazu gehört *nicht*, daß Ythri unterjocht wird. Ich bin der erste, der Ythris Existenzberechtigung anerkennt, das Recht, eigene Wege zu gehen, ja, sogar außerplanetarische Besitzungen zu haben. Aber diese Grenze muß stabilisiert werden.«

»Wir – durchdringen uns auch mit – anderen Einflußsphären und haben keine Schwierigkeiten.«

»Gewiß. Weshalb sollten wir etwa gegen Wasserstoff atmende Wesen kämpfen? Sie sind so exotisch, daß wir uns kaum mit ihnen zu verständigen vermögen. Das Problem ist, die Ythrier sind uns zu ähnlich. Nach einem uralten Spruch fordern zwei zähe, schlaue Rassen denselben Grund und Boden.«

»Wir können mit ihnen zusammenleben! Es gibt Menschen genug, die das tun. Seit Generationen schon.«

»Sie meinen Avalon?«

Sie nickte.

»Nun, das ist wahrhaftig ein interessanter Fall«, meinte Saracoglu, der eine Gelegenheit erspähte, das Gespräch wieder auf unverfänglichere Themen zu bringen. »Wieviel wissen Sie darüber?«

»Sehr wenig«, gab sie kleinlaut zu. »Seit ich hier bin, habe ich hier und dort etwas gehört. Die Galaxis ist so ungeheuer groß, das winzige Fleckchen, das wir erforscht haben –«

»Avalon könnten Sie zu sehen bekommen«, sagte er. »Es ist nicht weit von hier, zehn oder zwölf Lichtjahre. Das würde mir auch behagen. Die Gesellschaft dort scheint außergewöhnlich zu sein, wenn nicht geradezu einmalig.«

»Verstehen Sie denn nicht? Wenn Menschen und Ythrier auf einem Planeten zusammenleben können –«

»Das ist etwas anderes. Erlauben Sie, daß ich etwas aushole. Ich bin zwar auch nie dort gewesen, habe aber seit meiner Ernennung die Unterlagen studiert.« Saracoglu atmete tief ein. »Avalon ist vor fünfhundert Jahren entdeckt worden, von demselben Großforschungsschiff, das auf Ythri stieß«, sagte er. »Man merkte es sich als mögliche Kolonie vor, aber der Planet war von Terra so weit entfernt, daß damals niemand daran interessiert war; sogar den Namen erhielt er viel später. Ythri lag noch vierzig Lichtjahre weiter entfernt, gewiß, aber er war viel attraktiver, ein reicher Planet voller Leute, die energisch in die moderne Zeit marschierten und ausgedehnten Handel versprachen.

Vor ungefähr dreihundertfünfzig Jahren machte eine Menschen-Firma den Ythriern einen Vorschlag. Die Polesotechnische Liga sollte zwar erst fünfzig Jahe danach zusammenbrechen, aber jeder, der Verstand hatte, konnte schon erkennen, was bevorstand. Diese Menschen, ein gemischter Haufen unter der Führung eines alten Handelspioniers, wollten die Zukunft ihrer Familien dadurch sichern, daß sie sich auf dem abgelegenen Avalon niederließen – unter der Souveränität, dem Schutz eines Ythri, das nicht so korrupt war wie die Techno-Zivilisation. Die Ythrier stimmten zu, und es war nur natürlich, daß einige von ihnen mitgingen.

Nun, dann kamen die Wirren, und Ythri blieb nicht ungeschoren. Die Folgen waren vergleichbar – Terra erzwang Frieden durch sein Imperium, Ythri durch die Domäne. Inzwischen waren die Avalonier zusammengeschweißt worden zu einer Einheit.

Heute sind ganz andere Voraussetzungen gegeben.«

Die Sonne war untergegangen, Schatten strömten in den Garten, ein Abendstern erblühte.

»Ich nehme an – Ihre Pläne zur ›Begradigung‹ sehen vor, daß Avalon ins Imperium eingefügt wird«, sagte Luisa.

»Ja. Bedenken Sie die Lage.« Saracoglu zuckte die Achseln. »Außerdem bilden die Menschen dort eine große Mehrheit. Ich bilde mir ein, daß sie eher begrüßen werden, zu uns zu stoßen, und Ythri wird nichts dagegen haben, sie loszuwerden.«

»Müssen wir kämpfen?«

Saracoglu lächelte.

»Für den Frieden ist es nie zu spät.« Er nahm ihren Arm. »Gehen wir hinein? Ihr Vater wird bald hier sein. Wir sollten den Sherry bereitstellen.«

Er hatte nicht die Absicht, sich alle Aussichten dadurch zu verderben, daß er ihr reinen Wein einschenkte. Es waren Wochen vergangen, seitdem ein Kurierschiff das von ihm Geforderte gebracht hatte: einen imperialen Erlaß, der Ythri den Krieg erklärte, zu veröffentlichen, sobald Gouverneur und Admiral es für angemessen hielten.

4

Ein Feldzug gegen Ythri erforderte eine riesige Flotte, von überall im Imperium zusammenzuziehen. Davon war öffentlich nichts zu sehen oder zu hören gewesen, wenngleich es viele Gerüchte gab. Die Einheiten an den Grenzsystemen waren jedoch offen verstärkt worden, und Übungen und Manöver folgten einander unablässig.

Die Planetenkreuzer ›Thor‹ und ›Ansa‹ umkreisten

Pax in einer Entfernung von zehn astronomischen Einheiten, schossen Platzgranaten und Torpedos auf ihre eigenen Abschirmfelder ab, durchdrangen sie mit Laserstrahlen, die sich so lange auf einem Punkt des Rumpfes zu halten versuchten, wie es gedauert hätte, mit einem Energieblitz die Panzerung zu durchbohren, zündeten Magnesium-Leuchtbomben, deren Grelligkeit tödliche Strahlung darstellte, huschten mit Gravitationsschub umher, schlüpften in den Hyperraum und wieder heraus, gebrauchten alle Tricks, die man kannte, und einige, von denen das Oberkommando hoffte, daß sie den Ythriern noch nicht bekannt waren. Währenddessen waren die Boote der Komet- und Meteor-Klasse, deren Mutterschiffe sie darstellten, ebenso beschäftigt.

Als Anreiz war ein Preis ausgesetzt worden. Das siegreiche Raumschiff sollte mit seinen Beibooten nach Esperance fliegen, wo die Besatzung eine Woche Urlaub verbringen durfte.

›Ansa‹ gewann. Sie strahlte einen jubelnden Rückruf aus. Eine halbe Million Kilometer entfernt, erwachte ein Motor in dem Meteor, den der Kapitän ›Sternschnapper‹ getauft hatte.

»Endlich wieder zum Leben erweckt!« sagte Leutnant Philippe Rochefort strahlend. »Und noch dazu ruhmreich.«

»Und unverdient.« Der Feuerleitoffizier, Stabsbootsmann Wa Chaou von Cynthia, grinste. Sein kleiner weißbepelzter Körper kauerte auf dem Tisch, den er nach dem Essen gereinigt hatte; sein buschiger Schwanz bebte wie die Schnurrhaare um seine blaumaskierte Schnauze.

»Was heißt da unverdient?« murrte der Computeringenieur, Stabsbootsmann Abdullah Helu, ein schlanker Berufssoldat mittleren Alters von Huy Braseal. »Drei Tage sich tot stellen ist mehr, als die Pflicht verlangt.« Das

Raumboot war bei einem Gefecht theoretisch zerstört worden und trieb wie ein echtes Wrack frei durch den Weltraum, um den Detektortechnikern das Leben schwerer zu machen.

»Vor allem, weil Sie beim Pokern den kürzeren gezogen haben, was?« höhnte Wa Chaou.

»Mit Ihnen spiele ich nicht mehr, Sir«, sagte Helu zum Kapitän und Piloten. »Nichts für ungut. Sie sind einfach zu begabt.«

»Nichts als Glück«, erwiderte Rochefort. »Wie es Pech war, daß das Boot so ins Gedränge kam. Es hat sich gut gehalten, wie Sie auch. Mehr Glück beim nächstenmal.«

Es war sein erstes, nagelneues Kommando, weil er erst vor kurzem befördert worden war, und er wollte unbedingt etwas zeigen. Gleichgültig, wie unvermeidlich die Niederlage unter den Umständen gewesen war, sie schmerzte ihn.

Die kleine Kabine summte und erzitterte unter der Antriebsenergie. Luft strömte aus Ventilatoren, roch nach Öl und chemischer Umwandlung. Ein Meteor-Boot war für hohe Beschleunigung unter relativistischem und Hyperraum-Antrieb ausgelegt; für exakte Placierung von Torpedos mit Atomsprengköpfen; und für nicht mehr Komfort, als die Bedürfnisse der Besatzung unbedingt verlangten.

Der Weltraum umgab die Sichtfenster mit dem prächtigen Schauspiel der Sterne, diamantscharf, ohne Funkeln, in vielen Farben, eine unendliche klare Schwärze erfüllend, bis sie mit dem Silberschwall der Milchstraße oder den trüben geheimnisvollen Nebeln benachbarter Galaxien verschmolzen.

Rochefort wandte sich wieder dem Sichtgerät zu. Ein Vortrag war im Gange. Ein menschlicher Xenologe befand sich auf dem Bildschirm und erklärte: »Warmblüter, gefiedert und flugfähig, sind die Ythrier keine Vögel; sie bringen ihre Nachkommen lebendig zur Welt, nach einer Tragzeit von viereinhalb Monaten. Sie haben keine Schnäbel, sondern Lippen und Zähne. Sie sind auch keine Säugetiere; sie besitzen keine Behaarung und erzeugen keine Milch; die Lippen sind entwickelt worden, damit die Eltern ihre Kleinen durch Regurgitation füttern können. Und während die Schlitze auf Fischkiemen deuten, sind sie nicht fürs Wasser gedacht, sondern für –«

»Ach nein!« rief Helu. »Sir, haben Sie dafür nicht später Zeit? Weiß der Teufel, wieviele Wochen wir noch in einer Umlaufbahn verbringen werden, ohne daß etwas geschieht.«

»Jeden Augenblick kann der Krieg ausbrechen«, sagte Wa Chaou.

»Und wenn, wer interessiert sich dafür, wie der Feind aussieht und was er für ein Liebesleben hat? Seine Schiffe sind so ähnlich wie die unsrigen, und das ist alles, was wir von ihm zu sehen bekommen werden.«

»Ach, Sie haben eine direkte Verbindung zur Zukunft?« meinte der Cynthier.

Rochefort stoppte das Band und knurrte: »Ich kann den Ton bündeln, wenn ihr wollt. Aber ein Wissen über die Art des Feindes könnte den Unterschied ausmachen, der uns hilft, wenn es losgeht. Ich schlage vor, daß Sie auch zusehen.«

»Äh, ich glaube, ich sehe mal den Oszillator Drei nach, solange wir nicht Überlichtgeschwindigkeit fliegen«, sagte Helu und zog sich in den Maschinenraum zurück. Wa Chaou setzte sich zu Rochefort.

Der Leutnant schaltete das Bildgerät wieder ein. Auf dem Schirm zeigte sich ein Ythrier, auf den Füßen gehend, die aus seinen Flügeln wuchsen: eine vergleichsweise langsame, ruckartige Gangart, für große Strecken nicht geeignet. Das Wesen blieb stehen, senkte die Hände auf den Boden und stand auf ihnen. Es breitete die Flügel aus, und schlagartig war es grandios.

An der Unterseite der Schwingen befanden sich Schlitze, deren Schutzhüllen sich beim Ausbreiten abhoben. Die Schlitze klafften, bis sie wie purpurne Münder aussahen. Man sah es in Nahaufnahme. Dünne Häute, stark verrunzelt, lagen hinter einem Wimpernvorhang, der Staub fernzuhalten hatte.

Wenn die Schwingen herabsanken, schlossen sich die Schlitze wieder wie Blasebälge. Die Stimme des Sprechers sagte: »Das ist es, wodurch ein so schwerer Körper unter Schwerkraft und Gasdichte wie auf Terra zu fliegen vermag. Die Ythrier erreichen mehr als das doppelte Gewicht der größtmöglichen Flugwesen auf ähnlichen Planeten. Die von den Flügelschlägen gepumpten Schlitze saugen Sauerstoff unter Druck an und führen ihn unmittelbar dem Blutstrom zu. So unterstützen sie eine Lunge, die mehr oder weniger der von gewöhnlichen Landwesen gleicht. Der Ythrier erlangt die Kraft, die nötig ist, um sich in die Luft zu erheben und mit Schnelligkeit und Grazie zu fliegen.«

Die Kamera wich zurück, das Wesen schlug mit den Flügeln und schoß in die Höhe.

»Die Energie muß natürlich von einem entsprechend beschleunigten Metabolismus kommen«, fuhr die trockene Stimme fort. »Wird der Ythrier nicht vom Fliegen abgehalten, ist er ein großer Esser. Abgesehen von gewissen süßen Früchten verzehrt er nur Fleisch. Sein Appetit hat zweifellos die übliche Tendenz des Fleischfressers verstärkt, in kleinen, strikt voneinander getrennten Gruppen zu leben, von denen jede ein großes Territorium besetzt, das es instinktiv gegen alle Eindringlinge verteidigt.

Man versteht den Ythrier tatsächlich am besten im

Sinne dessen, was wir über die Entwicklung seiner Rasse wissen oder vermuten.«

»Wohl mehr Vermutung als Wissen«, meinte Rochefort. Trotzdem war er fasziniert.

»Wir glauben, daß das homeothermische – grob gesprochen, warmblütige – Leben auf Ythri nicht von einer Reptilform abstammt, sondern direkt von amphibischem Leben, möglicherweise sogar von einem Wesen, das ungefähr dem Lungenfisch entspricht. Auf jeden Fall behielt es so etwas wie Kiemen. Die Gattung, die auf dem Land am erfolgreichsten war, verlor sie mit der Zeit, primitivere Tiere behielten sie. Zu diesen gehörte das kleine, wahrscheinlich in Sümpfen hausende Wesen, das der Vorfahr des Sophonten wurde. Es ging auf die Bäume und mag dort eine Membran entwickelt haben, mit der es von Ast zu Ast gleiten konnte. Daraus wurde später ein Flügel. Inzwischen wurden die Kiemen für den Gebrauch in der Luft umgewandelt, als eine Art Vorverdichter.«

»Wie üblich«, meinte Wa Chaou. »Die Versager in einem Stadium erzeugen die Erfolge des nächsten.«

»Die Ythrier können aufsteigen und sogar schweben«, fuhr der Sprecher fort, »aber das liegt an der gewaltigen Spannweite, und die Schlitze sind es, die ermöglichen, daß diese großen Schwingen bewegt werden.

In anderer Beziehung muß der Prä-Ythrier den terranischen Vögeln ziemlich ähnlich gewesen sein.« Man zeigte Bilder von verschiedenen hypothetischen ausgestorbenen Wesen. »Er entwickelte ein vergleichbares Wassersammelsystem – kein getrenntes Wasserlassen – das sowohl Gewicht sparte als auch Verdunstungsverluste durch die Schlitze ausglich. Gleichermaßen entwickelte er leichte Knochen, die allerdings komplizierter sind als Vogelknochen, bestehend aus einem bewundernswert starken Zweiphasen-Material, dessen organischer Bestandteil nicht

Kollagen ist, sondern eine Substanz mit den Funktionen des Knochenmarks terranischer Säugetiere. Das Tier erleichterte sich aber seine Mühen nicht noch mehr, indem es die Zähne gegen einen Schnabel getauscht hätte. Viele ythrische Ornithoiden haben das getan, zum Beispiel der Uhoth, äußerlich habichtähnlich, der wie ein Haushund Dienste leistet. Der Vor-Sophont blieb jedoch ein unspezialisierter Bewohner feuchter Urwälder.

Die Tatsache, daß die Jungen winzig und hilflos geboren wurden – da das Weibchen nicht weit fliegen konnte, wenn es einen schweren Fötus trug –, ist vermutlich verantwortlich dafür, daß die Finger an den Flügeln beibehalten und verbessert wurden. Das Junge konnte sich jeweils an einen Elternteil klammern, während diese auf Nahrungssuche waren; bevor es zu fliegen vermochte, war es in der Lage, sich vor Feinden zu retten, indem es an einem Baum hinaufkletterte. Inzwischen wurde die Fähigkeit der Füße, Beute zu packen und Gegenstände zu bewegen, immer größer.

Übrigens bedeutet die kurze Tragezeit nicht, daß der Ythrier mit einem nur schwach entwickelten Nervensystem geboren wird. Der beschleunigte Metabolismus im Flug beeinflußt den Ablauf der fötalen Zellteilung. Dieser Prozeß ist mehr darauf konzentriert, ein Körpermuster aufzubauen, als die Größe zu steigern. Trotzdem braucht ein Ythrier-Junges mehr Pflege und Nahrung als ein Menschenkind. Die Eltern müssen dabei ebenso zusammenarbeiten wie beim Transport des Jungen. Hier haben wir vielleicht die Ursache der geschlechtlichen Gleichberechtigung oder Beinahe-Gleichberechtigung, die man in allen Ythri-Kulturen findet.

Gleicherweise könnte man eine schnelle Folge von Jungen unter primitiven Bedingungen nicht am Leben erhalten. Das mag der Grund dafür sein, weshalb das Weibchen nur in Abständen von einem Jahr – das Ythri-Jahr ist etwa halb so lang wie ein Terra-Jahr – empfängnisfähig wird, und nach einer Geburt zwei Jahre lang nicht. Die Sexualität spielt außerhalb dieser Perioden keine auffällige Rolle. In ihnen ist sie bei beiden Geschlechtern beinahe unbeherrschbar stark. Das könnte nach der Entwicklung der Intelligenz dem territorialen Instinkt eine kulturelle Verstärkung gegeben haben. Eltern wollen ihre mannbaren Töchter von Zufallsbegegnungen mit männlichen Genossen fernhalten, solange sie in der Brunst sind. Ferner wollen Ehemann und Ehefrau ein seltenes, tiefes Erlebnis nicht an einen Außenseiter verschwenden.

Der sexuelle Zyklus ist nicht völlig starr. Vor allem führt Trauer oft zum Brunstzustand. Das war zweifellos ursprünglich eine Vorkehrung der Natur, Verluste schnell zu ersetzen. Es scheint in der ythrischen Psyche eine teilweise Verschmelzung von Eros und Thanatos herbeigeführt zu haben, wodurch vieles von der Kunst und sicher auch vom Denken dieser Rasse für den Menschen unbegreifbar bleibt. Gelegentlich kann ein weibliches Wesen willkürlich ovulieren, wiewohl man das für eine Anomalie hält; in früheren Zeiten hätte man sie umgebracht, heute wird sie aus Angst vor ihrer Macht gemieden. Ein Lieblingsschurke in ythrischen Erzählungen ist der Mann, der durch Hypnose oder auf anderem Wege diesen Zustand herbeiführen kann. Das wichtigste Symptom einer gewissen Flexibilität ist die Tatsache, daß die Ythrier ihr Fortpflanzungsverhalten wie alles andere auch einer Anzahl von kolonisierten Planeten erfolgreich angepaßt haben.«

»Ich finde, daß es mehr Spaß macht, ein Mensch zu sein«, sagte Rochefort.

»Ich weiß nicht, Sir«, gab Wa Chaou zurück. »Oberflächlich sieht die Beziehung zwischen den Geschlechtern einfacher aus als bei Ihrer Rasse oder der meinen; man ist entweder in Stimmung oder nicht, und aus. Ich frage mich aber, ob sie nicht vielleicht subtiler und komplizierter ist als die unsrige, für die ganze Psyche noch grundlegender.«

»Um aber zur Evolution zurückzukehren«, fuhr der Sprecher fort. »Ein großer Teil Ythris scheint so etwas erlebt zu haben wie die große Dürre des Pliozäns im terranischen Afrika. Die Ornithoiden wurden aus schrumpfenden Wäldern auf sich ausbreitende Savannen gezwungen. Dort entwickelten sie sich von Aasfressern zu Großwildjägern, ähnlich dem Vorzeitmenschen. Die ursprünglichen Füße wurden zu Händen, die endlich Werkzeuge herzustellen begannen. Um den Körper zu stützen und für Fortbewegung zu sorgen, verwandelten sich die ursprünglichen Ellbogen-Klauen in Füße, die Flügel, die sie trugen, wurden umwandelbar in Beine.

Trotzdem, der intelligente Ythrier blieb ein reiner Fleischfresser, noch dazu einer, der sich auf dem Boden nur ungeschickt bewegte. Primitive Jäger stießen, wie es für sie typisch ist, von oben zu, mit Speeren, Pfeilen, Äxten. So bedurfte es nur weniger, um die größten Tiere zu erlegen. Es bestand kein Bedürfnis, beim Graben von großen Löchern zusammenzuarbeiten, um etwa Elefanten zu erlegen, oder Schulter an Schulter gegen einen angreifenden Löwen zu stehen. Die Gesellschaft blieb aufgeteilt in Familien oder Klans, die selten Kriege führten, andererseits aber auch wenig Berührung miteinander hatten.

Die Umwälzung, die das Steinzeitalter beendete, beinhaltete nicht von Anfang an, wie beim Menschen, die Landwirtschaft. Sie ergab sich aus der systematischen Herdenbildung, oder zumindest der Domestikation von großen Landtieren wie dem Maukh und kleineren wie dem langhaarigen Majaw. Das stimulierte die Erfindung von Schlitten, Rädern und dergleichen, so daß der Ythrier sich damit am Boden besser zu bewegen vermochte. Die Landwirtschaft wurde erfunden als Hilfszweig für die Viehzucht, eine wirksame Methode, Futter zu beschaffen. Der Nahrungsüberschuß erlaubte Freizeit für Reisen, Handel und weitverbreiteten kulturellen Austausch. Daraus ergaben sich größere gesellschaftliche Einheiten.

Man kann sie, strenggenommen, nicht Zivilisationen nennen, weil Ythri nie echte Städte gekannt hat. Die Beweglichkeit durch die Flügel verhinderte, daß man sich zusammendrängen mußte, um enge Beziehungen zu unterhalten. Zugegeben, es tauchten Zentren der Seßhaftigkeit auf – für Bergbau, Metallurgie und andere Industrien; für Handel und Religion; für die Verteidigung in dem Falle, daß die Gruppe im Luftkampf von einer anderen besiegt wurde. Sie sind aber stets klein gewesen, und die Bevölkerung schwankte stark. Abgesehen von ihren Garnisonen waren die ständigen Bewohner früher meist Sklaven mit beschnittenen Flügeln – heute sind es automatisierte Maschinen. Das Stutzen der Flügel war die einfachste Methode, eine Person zu kontrollieren; da das Gefieder aber nachwuchs, führte das Versprechen der Freilassung nach einer gewissen Zeit fleißigen Dienstes dazu, daß die Gefangenen meist willig waren. Die Sklaverei wurde für die vorindustrielle Gesellschaft der Ythrier deshalb so grundlegend, daß sie bis auf den heutigen Tag nicht ganz verschwunden ist.«

Na, wir im Imperium beleben sie auch wieder, dachte Rochefort. Zu Bedingungen, die vom Gesetz vorgeschrieben sind; als Strafe, um aus dem Verbrecher sozialen Nutzen zu ziehen; trotzdem beleben wir etwas, das die Ythrier aussterben lassen. Um wieviel sind wir moralischer als sie? Um wieviel mehr Recht haben wir?

Er richtete sich im Sessel auf. Die Menschheit ist meine Rasse.

Eine biegsame Blondine mit dem altmodischen Geschmack Esperances für einfache Kleidung, bildete Eve Davisson einen angenehmen Gegensatz zu Philippe Rochefort, wie beiden bewußt war. Er war ein hochgewachsener, schlanker junger Mann von athletischer Haltung, mit breiter Nase, vollen Lippen und glänzendem Kräuselhaar über der dunkelbraunen Haut. Und er nützte die Freiheit der Offiziere, ihre Ausgehuniform selbst auszuwählen, weidlich aus – schiefsitzende Mütze mit dem Sonnenbanner-Abzeichen des Imperiums, blauer Rock mit goldener Paspelierung, blutrote Schärpe und Umhang, schneeweiße lange Hose in kurzen Stiefeln aus echtem terranischen Rindsleder.

Sie saßen in einem intimen Restaurant von Fleurville an einem Fenster, das auf Gärten und Sterne hinausging. Ein lebendiger Sonorist spielte etwas Altes, Sentimentales; parfümierte, leicht berauschende Düfte schwebten durch die Luft; das Paar tändelte mit Hors d'œuvres und beschäftigte sich ernsthaft mit dem Champagner. Trotzdem lächelte Eve nicht.

»Diese Welt ist von Leuten besiedelt worden, die an den Frieden geglaubt haben«, sagte sie, eher traurig als anklagend. »Seit Generationen haben sie keine Streitkräfte unterhalten. Sie verließen sich auf den guten Willen derer, denen sie geholfen haben.«

»Der gute Wille hat die Wirren nicht überlebt«, wandte Rochefort ein.

»Ich weiß, ich weiß. Ich schließe mich nicht den Demonstranten an, was manche meiner Freunde auch sagen mögen, wenn sie hören, daß ich mit einem Offizier aus gewesen bin. Aber, Phil, der Stern Pax, der Planet Esperance werden auf den Krieg ausgerichtet. Das tut weh.«

»Es wäre schlimmer, wenn man euch angreifen würde.

Avalon ist nicht weit weg, und man hat dort stark aufgerüstet.«

Ihre Finger schlossen sich fester um das Glas.

»Angriff von Avalon? Aber ich kenne diese Leute, beide Rassen. Sie sind geschäftlich oder zu Besuch hiergewesen – ich war selbst vor einiger Zeit dort. Ich bin hingeflogen, weil es pittoresk ist, aber man behandelte mich so liebenswürdig, daß ich nicht mehr fortwollte.«

»Die ythrischen Manieren haben auf die Menschen dort abgefärbt«, sagte Rochefort. »Gleichzeitig aber auch weniger erfreuliche Eigenschaften der ythrischen Persönlichkeit.«

Sie sah ihn an.

»Ich habe den Eindruck, daß Sie eine gemischte Kolonie mißbilligen.«

»Hm – in gewisser Weise ja. Ich glaube einfach daran, daß man sein soll, was man ist, und daß man zu den Seinigen zu halten hat.«

»Sie reden beinahe wie ein menschlicher Spurematist«, meinte sie.

»Bis zu dem Punkt, daß die Menschheit die führende Rasse ist in der Techno-Zivilisation – daß sie die meisten Führer stellt – ja, insoweit haben Sie recht«, gab er zu. »Es bedeutet aber nicht, daß wir nicht chronisch sündig und dumm wären, es heißt auch nicht, daß wir andere unterdrücken dürften. Angehörige meiner Rasse sind schließlich die besten Freunde der Xenosophonten. Wir wollen sie nur nicht imitieren.«

»Glauben Sie, daß das Imperium Terra eine Kraft für das Gute ist?«

»Unter dem Strich, ja. Es tut Böses. Aber das kann kein sterbliches Wesen vermeiden. Unsere Pflicht ist es, das Böse zu korrigieren – und auch die Werte zu erkennen, die das Imperium bewahrt.«

»Vielleicht ist Ihnen zu wenig vom Bösen begegnet.«

»Weil ich von Terra selbst bin?« Rochefort lachte leise. »Meine Liebe, Sie sind zu klug, um sich einzubilden, daß das Muttersystem ausschließlich von Aristokraten bewohnt wird. Mein Vater ist ein kleiner Funktionär im Soziodynamischen Dienst. Wir sind dadurch viel herumgekommen. Ich bin in Selenopolis geboren, das ist ein Raumflughafen und ein Fabrikationszentrum. Ich habe mehrere eindrucksvolle Jahre auf der Venus verbracht, in der Armut und dem Verbrechen eines Planeten, dessen Terraskulptur nie ganz zufriedenstellend verlaufen ist. Ich trat in die Raummarine ein und kam erst zwei oder drei Jahre später in die Pilotenschule. Ich habe vorher die üblen Seiten von mehr als nur einer Welt gesehen. Gewiß, es gibt unendlich viel Raum für Verbesserungen. Dann wollen wir aber auch verbessern, nicht niederreißen. Und wir wollen uns verteidigen!« Er unterbrach sich. »Verdammt!« sagte er. »Ich hatte gehofft, daß ich Ihnen den Ernst abgewöhnen kann, und bin selbst hineingeraten.«

Nun lachte sie und hob ihr Glas.

»Dann helfen wir uns eben gegenseitig, herauszukommen.«

Sie taten es. Rocheforts Urlaub wurde sehr vergnüglich. Das war ein Glück, weil die ›Ansa‹ zwei Wochen nach seiner Rückkehr in den Weltraum beordert wurde. Lichtjahre von Pax entfernt, schloß sie sich der Flotte an, die sich dort versammelte, und zu Hunderten fegten Raumschiffe der Domäne Ythri entgegen.

5

Die Konferenz fand am Telefon statt, wie jetzt fast immer. Das verstieß gegen die alte Höflichkeit Avalons, aber es sparte Zeit – und die Zeit wurde immer knapper, dachte Daniel Holm. Sein Zorn spiegelte sich auch bei den anderen Teilnehmern wider.

Matthew Vickery, Präsident des Parlaments der Menschen, wackelte mit dem Zeigefinger und beiden Hängebacken und sagte: »Wir unterstehen keiner Militärregierung, wenn ich Sie daran erinnern darf. Wir, die legale Zivilregierung, haben Ihre Verteidigungsmaßnahmen der vergangenen Jahre gebilligt, obwohl Sie wußten, daß ich persönlich sie stets für übertrieben gehalten habe. Wenn ich bedenke, was man mit dem Geld hätte anfangen können zum Nutzen der Allgemeinheit –« Er schöpfte Atem. »Wenn man euch Militärs die Zügel schießen läßt, baut ihr Stützpunkte in der vierten Dimension, um uns vor einer Invasion aus der Zukunft zu schützen.«

»Die findet ständig statt«, erwiderte Ferune. »Das bevorstehende Stück wird nicht angenehm sein.«

Holm schlug die Beine übereinander, blies Zigarrenrauch auf Vickerys Bild und sagte: »Ersparen Sie uns die Reden. Sie bewerben sich hier nicht um Ihre Wiederwahl. Weshalb haben Sie diese Konferenz verlangt?«

»Weil Sie Ihre Anmaßung übertreiben«, erwiderte Vikkery. »Der letzte Befehl, mit dem nicht-ythrische Schiffe vom System Laura ferngehalten werden, brachte den Krug zum Überlaufen. Ist Ihnen klar, was für einen Handel wir treiben – nicht nur mit dem Imperium, wenngleich davon viele Existenzen abhängen, sondern auch mit neutralen Zivilisationen wie auf Kraoka?«

»Ist *Ihnen* klar, wie leicht es für die Terraner wäre, ein Robotschiff getarnt in eine niedrige Umlaufbahn um Avalon zu bringen?« gab Holm zurück. »Einige tausend Megatonnen, bei klarem Himmel gezündet, würden halb Corona in Brand setzen. Oder das Ding könnte gar wie ein friedliches Frachtschiff landen. Die Explosion fände innerhalb der Abschirmfelder einer Stadt statt, die Generatoren würden ausfallen, der Rest der Stadt wäre schutzlos, die radioaktive Strahlung würde das ganze Hinterland vergiften. Und Sie, Vickery, haben die Hälfte der Gelder für Schutzbauten blockiert.«

»Reine Hysterie«, sagte der Präsident. »Was hätte Terra von einer einzelnen Greueltat zu erwarten? Nicht, daß ich mit Krieg rechne, wenn wir unsere eigenen Hitzköpfe zügeln können. Denken Sie nur an Ihr albernes Heimwehr-Programm.« Sein Blick streifte Ferune und Liaw. »Viele junge Leute können herumstolzieren, gewiß, andere Leute behindern, sie herumkommandieren, sich wichtig vorkommen. Aber wenn unsere Marine so ist, wie sie dargestellt wird, kommen die Terraner nie an uns heran. Falls nicht, wer hat dann seine Pflichten versäumt?«

»Wir befinden uns in der Nähe ihrer Sektorenzentrale«, erinnerte ihn Ferune. »Sie könnten zuerst zuschlagen.«

»Das kenne ich zur Genüge. Passen Sie auf. Ich gebe zu, daß die Lage kritisch ist«, sagte Vickery. »Wir sind alle Avalonier. Wenn ich das Gefühl habe, daß einige Ihrer Vorschläge unklug sind, sage ich das der Öffentlichkeit und dem Parlament. Aber am Ende schließen wir vernünftige Kompromisse.«

Ferunes Gesicht kräuselte sich. Es war ganz gut, daß Vickery nicht aufpaßte oder den Sinn nicht erkannte. Liaw von The Tarns blieb ausdruckslos.

»Weiter«, knurrte Holm.

»Ich muß gegen Ihr Vorgehen protestieren«, sagte Vikkery. »Wir stehen nicht unter Kriegsrecht, und der Pakt sieht das auch nicht vor.«

»War früher nicht nötig«, sagte Holm. »Die Gefahr war klar und gegenwärtig. Ich glaube auch nicht, daß wir es jetzt brauchen. Die Admiralität ist verantwortlich für die lokale Verteidigung, und die Verbindung mit den Streitkräften in anderen Bereichen der Domäne –«

»Das gestattet Ihnen nicht, den Handel zu unterbinden oder eine Spielzeugmiliz aufzubauen. Ich und meine Kollegen müssen Sie daran erinnern, daß Sie die Diener des Volkes sind, nicht seine Herren.«

»Die Khruaths haben eine Heimwehr gefordert und umfassende Vollmachten für die Admiralität«, erklärte Liaw mit seiner raschelnden Stimme. Er war alt und hatte graue Federn, aber er saß mächtig in seinem Schloß.

»Das Parlament –«

»Debattiert noch«, unterbrach ihn Holm. »Das Imperium ist nicht auf diese Weise behindert. Wenn Sie eine gesetzliche Formel brauchen, dann unterstellen Sie einfach, daß wir nach dem Choth-Recht handeln.«

»Die Choths haben keine Regierung«, sagte Vickery aufgebracht.

»Was ist eine Regierung?« fragte Liaw, Oberhaupt des Hohen Khruath – ganz leise.

»Nun – legitime Autorität –«

»Ja. Die Legitimität ergibt sich letztlich aus der Tradition, die Autorität zuletzt aus der Bewaffnung. Regierung ist diejenige Einrichtung, die zur Anwendung von körperlicher Gewalt dem Volk gegenüber ermächtigt ist. Habe ich Ihre menschlichen Philosophen und die Geschichte richtig verstanden, Präsident Vickery?«

»Hm – ja, aber –«

»Sie scheinen für den Augenblick vergessen zu haben, daß die Choths so wenig einstimmiger Meinung waren wie

Ihre menschlichen Parteien«, sagte Liaw. »Drei Choths haben es abgelehnt, sich zu beteiligen. Wir mußten damit drohen, Oherran auf sie herabzurufen. Wir hätten es getan, so ernst war die Lage.«

Das hat er mir gar nicht gesagt, dachte Holm betroffen. Ferune wurde beinahe so regungslos wie Liaw. Vickery atmete tief ein und begann zu schwitzen.

»Sie begreifen, daß das vertraulich ist«, fuhr Liaw fort. »Wenn sich das verbreiten würde, müßten die betroffenen Choths das als Ehrenangelegenheit auf Leben und Tod betrachten.«

»Ja«, flüsterte Vickery.

Es blieb still. Holm drückte seine Zigarre aus.

»Das läßt die Dinge in anderem Licht erscheinen, nicht wahr?« sagte Vickery schließlich. »Darf ich offen sprechen? Ich muß wissen, ob das ein Hinweis darauf ist, daß – daß Sie sich gezwungen sehen könnten, einen Staatsstreich zu unternehmen?«

»Wir wissen mit unserer Energie Besseres anzufangen«, sagte Liaw. »Ihre Bemühungen im Parlament könnten nützlich sein.«

»Sie werden einsehen, daß ich meine Grundsätze nicht opfern kann. Ich muß frei sprechen dürfen.«

»Das steht im Pakt«, sagte Ferune.

»Ich meinte –« Vickery schluckte. »Ich meinte nur, daß freundschaftliche Kritik und Vorschläge stets annehmbar sind«, erklärte er. »Wir können aber auf keinen Fall einen Bürgerkrieg riskieren. Wollen wir die Einzelheiten einer Politik unparteiischer Zusammenarbeit besprechen?«

Hinter den Worten war noch immer Furcht zu spüren. Holm bildete sich ein, daß er beinahe Vickerys Gedanken lesen und die volle Bedeutung dessen bedenken konnte, was Liaw gesagt hatte.

Wie regelt eine heftige, hochmütige, enorm stammverbundene und gruppenstolze Rasse ihre öffentlichen Angelegenheiten?

Wie auf Terra hatten verschiedene Kulturen auf Ythri zu verschiedenen Zeiten ihrer Geschichte verschiedene Antworten gegeben, keine ganz befriedigende oder dauernde. Die Planha-Sprechenden waren die reichsten und progressivsten Bewohner, als die ersten Raumfahrer erschienen; man ist versucht, sie ›hellenistisch‹ zu nennen. Sie übernahmen sofort die moderne Technologie und nahmen andere in ihr System auf, während sie es den neuen Bedingungen anpaßten.

Das fiel leicht, weil das System keine Gleichförmigkeit verlangte. Ein Choth war innerhalb seines Besitzes unabhängig. Die Tradition bestimmte, was ein Choth war, wenngleich auch diese Tradition sich langsam änderte. Stamm, Anarchie, Despotie, lockere Föderation, Theokratie, Klan, erweiterte Familie, Korporation, und so weiter, über Begriffe, für die es keine menschliche Entsprechung gab, regierte ein Klan sich selbst.

Die innere Ordnung wurde meist durch Gewohnheitsrecht und den Konsensus aufrechterhalten, weniger durch Vorschriften und Gewalt. Die Familien lebten ja selten eng zusammen, so daß es kaum Reibungen gab. Die gebräuchlichste Sanktion war eine Art Wergeld, die äußerste Versklavung. Dazwischen lag Ausstoßung; für einen bestimmten Zeitraum, der bis zur Lebensdauer reichen mochte, konnte der Übeltäter von jedermann straflos getötet werden, und ihm zu helfen hieß, dieselbe Strafe auf sich herabzuziehen. Eine andere mögliche Strafe war Verbannung mit automatischer Ausstoßung bei einer Rückkehr vor Ablauf der Straffrist. Für einen Ythrier war das hart. Andererseits konnten die wahrhaft Unzufriedenen die Heimat jederzeit verlassen und um Mitgliedschaft in einem Choth nachsuchen, der ihrem Geschmack eher entsprach.

Nun mußte aber eine anerkannte Körperschaft die Fälle verhandeln und Urteile fällen, zwischen-chothliche Streitigkeiten regeln und Maßnahmen für das Gemeinwohl treffen. So hatten sich in der alten Zeit Khruaths gebildet, die regelmäßigen Versammlungen aller freien Erwachsenen in einem bestimmten Gebiet, die sich beteiligen wollten. Der Khruath besaß richterliche und teilweise gesetzgebende Autorität, aber keine administrative. Die Sieger bei Prozessen, die erfolgreichen Vertreter von Vorschlägen und Bestimmungen mußten sich auf die Bereitschaft stützen, sich daran zu halten, oder auf das Maß an Gewalt, das sie aufzubringen vermochten.

Die Erweiterung der Planha-Gesellschaft führte zu Jahres-Khruaths für größere Gebiete. Von dort schickte man endlich Delegierte zum Hoch-Khruath des gesamten Planeten, der sich bei außergewöhnlichen Anlässen alle sechs Jahre versammelte. Man wählte auf jeder Ebene Vorstände, die beauftragt waren, die Gesetze – also Gewohnheitsrecht, Präzedenzfälle, Entscheidungen – zu erläutern und die vorgelegten Fälle zu verhandeln.

Auf Terra wäre dieses Verfahren nicht gangbar gewesen – man hatte es einmal versucht und war gescheitert. Die Ythrier waren aber weniger redselig, weniger geschäftig, weniger leicht einzuschüchtern, und nie so ›übervölkert‹ wie der Mensch. Die modernen Kommunikationsmittel trugen dazu bei, daß sich das System zuletzt über die ganze Domäne ausbreitete.

Vorher schon mußten Verwaltungsaufgaben angepackt werden. Man brauchte ein Budget für notwendige Gemeinschaftsaufgaben. Theoretisch leisteten die Choths dazu freiwillige Beiträge, in der Praxis wurden ihnen Anteile auferlegt. Ein für die physische oder soziale Umwelt schädliches Verhalten mußte unterbunden werden, sosehr gewisse einzelne Choths davon auch profitieren oder das als ihr traditionelles Vorrecht betrachten mochten. Es gab trotzdem keine Zwangsmaschinerie, noch hätten die Ythrier sich vorstellen können, daß sie eine solche einrichteten.

Statt dessen riefen die Oberhäupter, wenn eine Ablehnung bedeutungsvoll erschien, auf die Täter Oherran herab. Dies, nach strenger Prüfung und unter den ernsthaftesten Zeremonien verhängt, rief alle Ythrier im Gebiet auf, um ihrer eigenen Interessen willen und vor allem ihrer Ehre zuliebe die dem Spruch Trotzenden anzugreifen.

Früher hatte ein Oherran zuungunsten eines ganzen Choth dessen Ende bedeutet – Versklavung derjenigen, die nicht umgebracht worden waren, Aufteilung des Besitzes unter den Siegern. Später mochte es oft nicht mehr bedeuten als die Festnahme und Verbannung namhafter Führer. Stets fiel es aber unter den Begriff einer Ehrensache auf Leben und Tod. Wurde der Oherran-Ruf zurückgewiesen, wie es vorgekommen war, wenn man die Tat nicht für schwer genug hielt, eine so schwere Bestrafung zu rechtfertigen, war den betroffenen Oberhäuptern nichts anderes übriggeblieben, als Selbstmord zu begehen.

Bei dem Charakter der Ythrier funktionierte Oherran so gut wie die Polizei bei den Menschen. Wie oft, Mensch, mußt du die Polizei rufen, wenn deine Gesellschaft nicht im Verfall ist!

Niemand, der Liaw von The Tarns kannte, konnte sich einbilden, daß er der Wahrheit zuwider erklären würde, er habe gedroht, Avalon zu spalten.

6

Wo der gewaltige Sagittarius in den Golf der Kentauren fließt, ist Avalons zweite Stadt – die einzige außer Gray, die den Namen verdiente – als Hafen, Raumflugzentrum, Industriezentrum und Markt entstanden. Centauri war deshalb vorwiegend eine menschliche Stadt, verwandt den vielen im Imperium, belebt, laut, fröhlich korrupt, gelegentlich gefährlich. Wenn er hinging, mußte Arinnian die meiste Zeit Christopher Holm sein, im Verhalten wie dem Namen nach.

Die Verteidigungsanstrengungen verlangten es jetzt. Es wunderte ihn nicht, daß er führender Offizier der Heimwehr von West-Corona geworden war, nachdem sie sich in lockerer Form gebildet hatte – nicht in einer Gesellschaft, wo Vetternwirtschaft die Norm war. Binnen weniger Wochen hatte er Übungen im großen Maßstab in seinem Bezirk veranlaßt und hatte die Organisation aufzubauen begonnen. Überall in den Bezirken ging es ähnlich zu. Man traf sich zu einer Konferenz mit der Gewerkschaft der Seeleute.

Hinterher sagte Arinnian: »Hrill, möchtest du ausgehen und feiern? W-wir werden vielleicht nicht mehr viel Gelegenheit haben.«

»Gewiß, Chris«, sagte Tabitha Falkayn. »Alle anderen tun es auch.«

Sie gingen Arm in Arm die Livewell Street hinunter.

»Ich – warum nennst du mich immer bei meinem Menschennamen?« fragte er. »Und sprichst Inglisch mit mir?«

»Wir sind Menschen, du und ich. Wir haben nicht die Federn, um Planha richtig zu sprechen. Stört es dich?«

Er blieb stehen und holte mit der freien Hand weit aus.

»Schau dir das an«, sagte er.

Die Straße führte hier an einem Kanal entlang, in dessen öligem Wasser Frachtkrähne schwammen. Die Gebäude ragten zehn, zwölf Stockwerke in den Nachthimmel. Die Sterne wurden von den Lichtreklamen verdunkelt. Auf der Straße drängten sich Bodenwagen, Passanten auf den Gehsteigen, Matrosen, Flößer, Fischer, Jäger, Farmer, eine Hure, eine Sekretärin, ein Betrunkener, der gleich umfallen mußte, ein zweiter, der böse wurde, zahllose Menschen, drängend, schreiend, plaudernd, im Lärm der Fahrzeuge und Lautsprecher. Es stank nach Schmutz, Rauch, Öl, Abfall, Schweiß.

Tabitha lächelte wieder.

»Na, ich finde das herrlich«, sagte sie. »Wozu sind wir sonst hergekommen?«

»Du würdest doch nicht –?« stammelte er. »Ich meine, jemand wie du?«

Er gaffte sie an. Sie trugen beide dünne, kurzärmlige Blusen, Kilts und Sandalen; die Kleidung klebte an der feuchten Haut.

»Sicher, warum nicht ab und zu vulgär?« sagte sie. »Du bist ein Puritaner, Chris.«

»Nein, nein. Wählerisch vielleicht. Aber ich bin schon oft hiergewesen und habe mich, äh, amüsiert. Ich wollte nur sagen, daß ich stolz darauf bin, einem Choth anzugehören, und nicht stolz darauf, daß Mitmenschen in einem Schweinestall leben wollen. Verstehst du nicht, das ist die alte Art, von der sich die Pioniere lösen wollten.«

Tabitha gebrauchte einen Ausdruck. Er war entsetzt. Eyath hätte so etwas nie gesagt. Sie grinste.

»Oder ›Unsinn‹, wenn dir das lieber ist«, sagte sie. »Ich habe Falkayns Schriften gelesen. Er und seine Anhänger wollten nur eines: viel Platz.« Sie zupfte ihn am Ärmel. »Was ist nun mit dem Essen?«

Betroffen folgte er ihr.

Im ›Phoenix House‹ erholte er sich ein wenig. Es war

kühl im Lokal, und hier zeigten sich ihre Formen durch die Kleidung nicht so deutlich wie draußen.

Sie bestellte einen Katzenblumen-Cocktail. Er nicht.

»Na komm«, sagte sie. »Laß dich ein bißchen gehen.«

»Nein, danke, wirklich nicht. Warum soll ich in einem schönen Augenblick meine Sinne benebeln?«

»Das scheine ich schon mal gehört zu haben. Ein Stormgate-Spruch?«

»Ja. Obwohl ich nicht dachte, daß man in Highsky für Drogen ist.«

»Ist man auch nicht. Von den heiligen Festen abgesehen. Die meisten von uns hängen noch am alten Glauben, weißt du.« Tabitha betrachtete ihn. »Dein Problem ist, Chris, daß du dich zu sehr anstrengst. Entspann dich. Geh mehr unter deine eigenen Leute. Mit wie vielen Menschen hast du enge Beziehungen? Mit verdammt wenigen, nehme ich an.«

»Ich habe in letzter Zeit viele gesehen«, widersprach er empört.

»Ja. Ist das nicht gut? Ich möchte keinem Menschen hineinreden, aber ein Mann oder eine Frau, die Ythrier zu werden versuchen, sind auf dem falschen Weg.«

»Nach drei Generationen mag man seinen Choth satt haben«, meinte er sarkastisch. »Du bist viel herumgekommen, nicht?«

Sie nickte.

»Ein paar Jahre lang. Jägerin, Trapperin, Seemann, Prospektor, fast überall in Avalon. Ich habe mein Geld zum größten Teil in das Unternehmen gesteckt, das Draun und mir gehört –« Sie lachte. »Beim Pokern gewonnen. Ich war noch jung, als meine Eltern auf dem Meer blieben. Eine ythrische Familie adoptierte mich. Ich sollte eine Wanderzeit durchmachen, das ist Sitte in Highsky. Meine Loyalität und Dankbarkeit dem Choth gegenüber sind nur gestärkt worden dadurch. Ich bin mir nur klar darüber, daß ich ein Mitglied bin, das menschlich ist. Als solches habe ich Dinge zu bieten, die –« Sie brach ab und drehte den Kopf. »Ah, da kommt mein Getränk. Sprechen wir von unwichtigen Dingen. Das fehlt mir in St. Li.«

»Ich glaube, ich trinke auch etwas«, sagte Arinnian.

Es half ihm. Sie unterhielten sich angeregt. Sie hatte den Planeten nie verlassen, abgesehen von einem kurzen Abstecher nach Morgana. Er als Sohn eines Marineoffiziers hatte Gelegenheit genug gehabt, das ganze System Laura kennenzulernen, vom sonnenversengten Elysium über die vielen Monde Camelots bis zum dunklen, von Kometen heimgesuchten Utgard. Er erzählte vom eisig blauen Frieden Phaeaziens und zitierte ein paar Zeilen Homers, was ihr sehr gefiel. Sie kamen auf Bücher zu sprechen ...

Die Mahlzeit war gemischt, wie die Küche beider Rassen meist: Fisch-und-Tomaten-Chowder, Fleisch-und-Shua-Pastete, Salat aus Traubenkornblättern, Birnen, Kaffee, mit Hexenwurzel gewürzt. Eine Flasche guter Dago erzeugte Fröhlichkeit. Arinnian war nicht mehr schockiert, als Tabitha danach ihre Pfeife anzündete.

»Schauen wir im ›Nest‹ vorbei?« meinte sie. »Vielleicht finden wir Draun.« Ihr Partner war in der Heimwehr ihr Vorgesetzter; sie hielt sich als seine Adjutantin in Centauri auf, aber der Choth-Begriff von Rang war gleichzeitig komplexer und flexibler als der Techno-Begriff.

»Hm – meinetwegen«, sagte Arinnian.

»Du zögerst? Ich dachte, du ziehst den Treffpunkt der Ythrier vor?« Sie bezog sich auf das einzige Lokal allein für Ornithoiden, von denen es hier nicht viele gab.

»Ich werde das Gefühl nicht los, daß die Taverne nicht das Richtige ist. Für sie«, sagte er hastig. »Ich bin aber nicht prüde, wohlgemerkt.«

»Es stört dich aber nicht, wenn Menschen die Ythrier

nachahmen. Nein, beides geht nicht, mein Lieber.« Sie stand auf. »Werfen wir einen Blick hinein und trinken wir einen Schluck, wenn wir einen Bekannten sehen oder ein guter Barde vorträgt. Hinterher in einen Tanzklub, ja?«

Er nickte, froh darüber, daß sie guter Stimmung blieb. Sie konnten zwar nicht an den ythrischen Flugtänzen teilnehmen, aber in den Armen eines anderen Vogelmenschen zu schweben war beinahe ebenso schön.

Sie fuhren mit einem Taxi zum ›Nest‹, dem höchsten Gebäude der Stadt, und fuhren im Gravitationsschacht nach oben. Die Taverne hatte keine Wände und wurde durch ein Vitryldach vor dem Regen geschützt, durch das man in dieser Höhe die Sterne sehen konnte. Morgana sank auf das westliche Schwemmland hinab, versilberte aber noch Fluß und Golf. Im Osten türmten sich Gewitterwolken, und der Wind trug leisen Donner herüber. Insektoiden umschwirrten die Glühgloben auf den Tischen. Es herrschte wenig Betrieb, ein paar schattenhafte Gestalten hockten auf Schemeln, ein Servierroboter rollte umher.

»Langweilig«, sagte Tabitha. »Aber wir können uns umsehen.«

Sie zwängten sich zwischen den Tischen hindurch, bis Arinnian stehenblieb und rief: »Holla! Vodan, ekh-hirr!«

Sein Chothgenosse sah verblüfft auf. Er saß neben einer Frau im schäbigen Federkleid, die den beiden einen mürrischen Blick zuwarf.

»Guten Flug«, grüßte Arinnian auf Planha, sprach dann aber auf Inglisch weiter. »Ich habe nicht damit gerechnet, daß du hier bist.«

»Und dir gute Landung«, erwiderte Vodan. »Ich muß in ein paar Stunden an Bord sein. Ich starte von der Halcyon-Insel aus. Ich bin früh hier, damit mich der Sturm nicht aufhält. Zu Hause hat es hintereinander drei Wirbelstürme gegeben.«

»Ihr sehnt Euch nach dem Kampf«, sagte Tabitha mit großer Höflichkeit.

Es ist wahr, dachte Arinnian. Er kann es kaum noch erwarten. Nur – wenn er nicht bis zum letzten Augenblick bei Eyath bleiben konnte, dann sollte er doch im Mondschein meditieren, oder – Arinnian stellte Tabitha vor.

Vodan zeigte mit einer Klaue auf seine Begleiterin.

»Quenna«, sagte er. Die Formlosigkeit entsprach einer Beleidigung. Sie zog den Kopf zwischen ihre Flügel.

Arinnian sah keine Möglichkeit, sich zurückzuziehen. Er und Tabitha setzten sich an den Tisch und bestellten bei dem Roboter dickflüssiges, starkes Neu-Afrika-Bier.

»Wie weht Ihr Wind?« fragte Tabitha paffend.

»Gut, wie ich es Ihnen wünsche«, erwiderte Vodan. Er wandte sich an Arinnian. »Du weißt sicher, daß ich in den vergangenen Wochen Manöverdienst hatte.«

Ja. Eyath hat es mir mehr als einmal erzählt, dachte Arinnian.

»Es war ein kurzer Urlaub. Mein Schiff verlangt Geschicklichkeit. Laß dir erzählen. Einer von den neuen Torpedowerfern, ähnlich dem Terra-Meteor, einfach großartig! Ich war stolz, auf den Rumpf drei goldene Sterne prägen zu können.«

Eyath heißt soviel wie ›Dritter Stern‹, dachte Arinnian.

Vodan berichtete weiter. Arinnian sah zu Tabitha hinüber. Sie und Quenna starrten einander an, und man konnte deutlich sehen, was in den beiden vorging.

Tabitha beugte sich plötzlich vor, tätschelte den Arm Quennas und sagte: »Gutes Wetter dir, Mädchen.«

Quenna zuckte erstaunt zurück. Einen Augenblick lang schien es, als wolle sie sich auf Tabitha stürzen, und Arinnians Hand senkte sich auf sein Messer. Dann wandte sie sich an Vodan: »Wir gehen besser.«

»Noch nicht.« Der Ythrier hatte seine Verlegenheit überwunden. »Die Wolken alleine entscheiden, wann ich meinen Bruder wiedersehe.«

»Gehen wir lieber«, sagte sie leiser. Arinnian nahm zum erstenmal den moschusartigen Geruch wahr. Am Nebentisch richtete ein Ythrier seinen Kamm auf und drehte den Kopf.

Arinnian konnte sich den Konflikt in Vodan vorstellen – sie wegschicken, beschimpfen, schlagen; nicht töten, weil sie ohne Waffen war – und doch wäre das auch eine Niederlage gewesen, weniger der Tradition gegenüber, als der bloßen Konvention –

»Wir müssen selbst gehen, sobald wir ausgetrunken haben«, meinte Arinnian. »Ich freue mich, daß wir dich gefunden haben. Guter Wind für immer.«

Vodans Erleichterung war unverkennbar. Er murmelte Abschiedsworte und flog mit Quenna davon. Die Stadt nahm sie auf.

Arinnian wußte nicht, was er sagen sollte. Er war froh, daß er im Halbdunkel saß; sein Gesicht fühlte sich heiß an.

»Die arme verlorene Seele«, sagte Tabitha leise.

»Wer, der Nachtvogel?« sagte er aufgebracht. »Die Sorte kenne ich. Degeneriert, kriminell veranlagt. Hoffen wir nur, daß sie Vodan nicht die Kehle durchschneiden, da, wo sie ihn hinlockt. Ich kann mir vorstellen, wie es gewesen ist. Er lief einsam herum, ziellos, einer aus den Bergen, der so etwas wie diesen Typ gar nicht kennt. Sie stürzt sich auf ihn, bringt ihn in Erregung –«

»Was geht es dich an? Ich meine, natürlich ist er dein Freund, aber die Arme wird wohl nicht mehr im Sinn haben, als ein kümmerliches Trinkgeld herauszuschlagen. Weißt du, es gibt ein kulturelles Nachhinken bei den Ythriern. Sie sind von menschlichen Vorstellungen so weit beeinflußt, daß sie ihre Abnormen nicht mehr umbringen, aber Interesse dafür, ihnen zu helfen, sie zu heilen, haben sie nicht, und dafür wollen sie auch nichts ausgeben. Eines Tages –«

Er hatte kaum hingehört.

»Vodan soll Eyath heiraten«, sagte er gepreßt.

Tabitha zog die Brauen hoch.

»Ach? Die, von der du mir erzählt hast? Na, glaubst du nicht, daß sie, selbst wenn sie es erfahren würde, vielleicht froh wäre, daß er sich amüsiert hat?«

»Es ist nicht recht! Sie ist zu rein. Sie –« Arinnian schluckte. Abrupt dachte er: Warum das Risiko nicht eingehen? Ich möchte mich vergessen können. »Ist so etwas Nebensache für dich?« stieß er hervor. »Dann tun wir es doch auch.«

»Hm?« Sie betrachtete ihn eine Weile, bis sein Zorn verrauchte und er alle Mühe hatte, den Blick nicht zu senken.

»Du bist wirklich verbittert, nicht?« meinte sie schließlich. »Aber du hoffst noch.«

»Es tut mir leid«, sagte er stockend. »Ich wollte n-nicht respektlos s-sein. Ich wollte dir ein imaginäres Beispiel geben – damit du verstehst, warum ich betroffen bin.«

»Ich könnte beanstanden, daß du es imaginär nennst«, sagte sie lächelnd, »aber so war es wohl gar nicht gemeint. Die Antwort ist, danke, nein.«

»Damit habe ich gerechnet. Wir Vogelmenschen –« Er starrte in sein Glas.

»Was meinst du mit ›wir‹?«

»Na, wir – jedenfalls unsere Generation –«

»Ich weiß«, sagte sie ernsthaft. »Diese Verhaltensweise, wahllose Geschlechtsbeziehungen ohne Achtung für den Partner, aber kaum fähig, Vogelmenschen vom anderen Geschlecht anzurühren. Du bist ein kluger Junge, Chris.

Die Avalonier neigen nicht zur Besinnung, aber du mußt doch eine Vorstellung von der Ursache haben. Willst du nie Frau und Kinder haben?«

»Doch, sicher. Ich – natürlich. Das werde ich.«

»Wie die meisten. Außerdem ist das keine generelle Erscheinung. Wir Vogelmenschen haben wenigstens das gemeinsam, daß wir weniger Neugier dulden als der Durchschnittsmensch. Es gibt also keine vergleichenden Statistiken. Außerdem ist das Problem nur deshalb auffälliger geworden, weil der Zug zu den Choths so zunimmt. Und schließlich sind deine Erfahrungen begrenzt, Chris. Wie viele von Tausenden kennst du so gut, daß du ihr Privatleben beschreiben könntest? Dein Fall ist lange nicht so typisch, wie du meinst, und auch nicht so ernst. Ich wäre aber trotzdem froh, wenn sonst vernünftige Leute dadurch, daß sie ins Gefieder schlüpfen, nicht Jahre damit verlieren würden, sich selbst zu behindern.«

»Warte mal –«, fuhr er auf.

Tabitha leerte ihr Glas und stand auf.

»Ich gehe in mein Hotel.«

Er starrte sie an.

Sie fuhr ihm durch die Haare.

»Tut mir leid, aber wenn wir heute weitermachen, gibt es eine ganz heftige Auseinandersetzung. Ich halte zu viel von dir, um das zu wünschen. Ein andermal.«

Er konnte sie nicht überreden, verabschiedete sich kühl von ihr und ging zu einer Sprechtafel.

Die erste Frau, die er anrief, war in der Arbeit, die zweite Bekannte erklärte verzweifelt, ihr Mann sei zu Hause, falls er ihn sprechen wolle, und er entschuldigte sich mit der Ausrede, eine falsche Nummer gewählt zu haben. Die Dritte stand zur Verfügung. Sie war dick, redete pausenlos und hatte das Hirn eines Barysauriers. Aber was half's?

– Er erwachte beim folgenden Sonnenuntergang. Sie schwitzte neben ihm im Schlaf und roch nach Alkohol. Er fragte sich, warum es so heiß und stickig war. Defekt in der Klimaanlage? Oder, hm, man hatte bekanntgegeben, daß die Umweltsteuerung abgeschaltet werden müsse, wenn man die Abschirmfelder einschalten mußte . . .

Abschirmfelder!

Arinnian sprang aus dem Bett. Der Regen hatte aufgehört, aber hinter den niedrigen Wolken sah er etwas schimmern. Er tastete sich durch das Zimmer und schaltete den Holographen ein.

Eine Aufzeichnung lief immer wieder ab, dazu die schrille Stimme eines Mannes, dessen Gesicht verzerrt war: » – Krieg erklärt. Ein Kurier von Ythri hat die Nachricht nach Gray gebracht, daß Terra den Krieg erklärt hat.«

7

»Unsere Grundstrategie ist einfach«, hatte Admiral Cajal erklärt. »Ich würde eine noch einfachere vorziehen: offene Schlacht zwischen massierten Flotten, dem Sieger fällt alles zu.«

»Aber die Ythrier werden kaum darauf eingehen«, meinte Gouverneur Saracoglu.

»Nein. Sie sind darauf nicht eingerichtet. Zentrale Lenkung ist ihre Sache nicht. Außerdem müssen sie wissen, daß sie jede Entscheidungsschlacht verlieren, weil sie numerisch unterlegen sind. Sie werden wohl darauf zurückgreifen, sich einzuigeln und Ausfälle zu unternehmen. Deshalb können wir nicht direkt in die Domäne vorstoßen. Das würde zu großen Verlusten führen.«

»Wir fangen also damit an, ihre vorgeschobenen Stützpunkte einzunehmen.«

»Die wichtigen. Kleine neue Kolonien können wir übergehen.« Cajal leuchtete mit einem Strahler in einen Schautank, in dem Lichtpunkte die Sterne dieses Bereiches darstellten. Sie drängten sich zu Tausenden in den maßstäblich verkleinerten Parsecs.

»Der nächstliegende ist Laura«, sagte Cajal. »Dann kommen Hru und Khrau, die damit ein Dreieck bilden. Wenn ich die habe, gehe ich direkt gegen Quetlan vor. Das müßte sie dazu zwingen, alles zusammenzuziehen, was sie haben, um den Heimatstern zu schützen! Und da Nachhut und Flanken bis dahin gesichert sein werden, bekomme ich die gewünschte Entscheidungsschlacht.«

»Hm-m-m.« Saracoglu rieb sich das massive Kinn. »Zuerst gegen Laura?«

»Ja, natürlich. Nicht mit der ganzen Armada. Wir teilen uns, zu je einem Drittel. Die zwei anderen Sektionen rücken langsam gegen Hru und Khrau vor, greifen aber nicht an, bis Laura überwältigt ist. Ich möchte mir über die Taktik der Ythrier klarwerden und mich auch vergewissern, daß sie nicht mit einer bösen Überraschung aufwarten können.«

»Möglich wäre das«, sagte Saracoglu. »Sie wissen, daß unsere Informationen zu wünschen übriglassen. Das Problem der Spionage bei nicht-menschlichen Wesen – Und ythrische Überläufer sind praktisch nicht zu finden.«

»Ich verstehe trotzdem nicht, weshalb Sie nicht Agenten in die menschliche Kolonie haben einschmuggeln können.«

»Das haben wir getan, Admiral, aber in derart kleinen, überschaubaren Gemeinschaften konnten sie nicht viel mehr tun als mitteilen, was öffentlich erfahrbar war. Die Menschen auf Avalon sind im Denken, Sprechen, ja sogar Gehen mit den Menschen des Imperiums kaum noch vergleichbar. Es ist unmöglich, sie nachzuahmen. Und auch hier sind bedauerlich wenige käuflich. Überdies ist die avalonische Admiralität auf dem Sicherheitssektor sehr tüchtig. Der stellvertretende Befehlshaber, ein gewisser Holm, scheint früher mehrmals offiziell und inoffiziell durch das Imperium gereist zu sein. Er kennt unsere Methoden.«

»Soviel ich weiß, hat er nicht nur die lauranische Flotte, sondern auch die planetarische Verteidigung stark verbessert. Wir müssen uns auf jeden Fall zuerst um ihn kümmern.«

– Das war Wochen her. Nun näherten sich die Terraner ihrem Gegner.

Cajal saß allein in der Mitte des Superschlachtschiffs ›Valenderay‹, in einem summenden Schweigen, umgeben von Monitoren und Radialkilometern von Metall, Maschinen, Waffen, Panzerung und Energieerzeugern, die für mehrere tausend Lebewesen bestimmt waren. Im Augenblick beschäftigte ihn jedoch nur, was außen lag. Ein Bildschirm zeigte es ihm: Dunkelheit, Schwärme von Diamanten, und Laura, winzig auf neunzehn AE Entfernung, aber golden und schimmernd.

Die Schiffe waren aus dem Hyperraum getreten und beschleunigten sonnenwärts mit Gravitationsschub. Die meisten waren dem Flaggschiff weit voraus. Ein Zusammentreffen mit den Verteidigern konnte jede Minute stattfinden.

Cajals Mundwinkel zog sich nach unten. Er war ein hochgewachsener Mann, hager, mit scharfer Nase, Haar und Spitzbart schwarz, obwohl er schon auf die Sechzig zuging. Er drückte eine Zigarette aus.

Ein Summton, dann erschien auf einem Schirm sein Leitender Kapitän.

»Sir, eine Meldung über Gefechtsberührung von Vorhut-Schwadron Drei. Noch keine Einzelheiten.«

»Sehr gut, Bürger Feinberg«, sagte Cajal. »Unterrichten Sie mich sofort.«

»Aye, Sir.« Der Bildschirm wurde dunkel.

Cajal blickte auf die Fotografie seiner toten Frau. Er beugte sich vor und flüsterte: »Vater, verzeih uns, was wir tun werden. Sei allen gnädig, die sterben müssen. Allen.«

»Verstanden, Marchwardener«, sagte die Ythrierstimme. »Kontakt mit den Terranern, etwa 12 AE, Richtung Speer. Beide Seiten feuern, bis jetzt noch keine Verluste.«

»Danke. Bitte, halten Sie mich auf dem laufenden.« Daniel Holm schaltete ab.

»Als hätte ich etwas davon, wenn ich es weiß!« ächzte er.

Er dachte nach. Licht- und Radio-Neutrinos brauchen etwa acht Minuten, um eine astronomische Einheit zurückzulegen. Die Meldung war über eineinhalb Stunden alt. Der erste Zusammenstoß zwischen kleineren Raumfahrzeugen mochte inzwischen schon beendet sein, die Trümmer der Unterlegenen mochten bereits davonwirbeln, während die Sieger beschleunigten, um sich ihrem Verband wieder anzuschließen.

»Wenn wir nur Hyperkommunikation hätten –« murmelte er. Aber das war nicht empfehlenswert. Die ›Sofort‹-Impulse eines Raumschiffs, das Quantensprünge um die Geschwindigkeitsgrenze der Natur machte, konnten so moduliert werden, daß eine Meldung ein Lichtjahr weit reichte – aber nicht so tief im verzerrenden Schwerefeld eines Sterns, wo man Vernichtung riskierte, wenn man nicht-relativistische Geschwindigkeiten einzuhalten versuchte – man kam natürlich damit durch, wenn man der Abstimmung sehr sicher war, was aber in Kriegszeiten nicht galt – und außerdem wären die Terraner damit ein noch gefährlicherer Gegner gewesen; sich gegen sie zu wehren wäre hoffnungslos, statt nur halb hoffnungslos gewesen – weshalb gebe ich mich mit diesem Quatsch ab?

»Und Ferune ist dort, aber ich bin hier!«

Er sprang auf, trat ans Fenster und starrte hinaus. Das Wetter war herrlich. Ein Herbstwind trug salzige Luft herauf.

Rowena kam zu ihm.

»Du weißt doch, daß du hierbleiben mußtest, mein Lieber«, sagte sie.

»Ja. Logistik, Computer, Nachrichtenverbindungen. Mag sein, daß Ferune mehr von der Weltraum-Kriegführung versteht, aber die planetarische Verteidigung habe ich aufgebaut. Wir sind uns vor Monaten einig gewesen. Keine Unehre für mich, daß ich das Richtige tue. Aber ich hätte nicht gedacht, daß es so schwer ist, Ro!«

Sie fuhr ihm übers Haar.

Ferune von Mistwood hatte seine Frau mitnehmen wollen, aber sie war krank geworden. In seinem Flaggschiff trafen immer mehr Meldungen ein.

»Da«, sagte er. Die Computer hatten eben den Schautank nach den neuesten Informationen verändert. »Gefechte hier, hier, hier. Überall Neutrino-Emissionen, Ortungen.«

»Sehr magere Informationen«, sagten Federkleid und Haltung seines Adjutanten.

»Ja, über interplanetarische Entfernungen. Wir können Lücken aber teilweise durch eigene Überlegungen ausfüllen. Ich bin ziemlich sicher, daß diese Zange zwei Glieder hat, die von Norden und Süden her zuklappen wollen. Sie brauchen weiter draußen Reserven. Sie müssen aus der Richtung von Pax kommen. Ich würde sie in der Nähe der

Ekliptik vermuten. Also dürfte der Angriff hier stattfinden.« Er bezeichnete das Gebiet.

Neue Lichtpunkte entstanden im Tank. Ihre Helligkeit unterschied Schiffstypen, anhand der Neutrino-Ausstöße. Der Adjutant reckte den Kamm.

»So viele Gegner, so früh? Onkel, das sieht schlecht aus!«

»Damit mußten wir rechnen. Laß dich von dem Spielzeug nicht verwirren. Ich habe schon Schlimmeres erlebt. Zur Hälfte bestehe ich aus erneuertem Gewebe nach Verwundungen. Und ich fliege immer noch.«

»Verzeih, Onkel, aber das waren doch meist Polizeiaktionen innerhalb der Domäne. Jetzt kommt das *Imperium.*«

»Das ist mir nicht unbekannt«, gab Ferune zurück. »Computer, Roboter, Maschinen sind nur die Hälfte eines Krieges. Es gibt auch noch Herz und Hirn.«

Seine Klauen tickten auf dem Boden, als er zum Bildschirm trat. Sein erfahrenes Auge erkannte unter den Sternen einen einzelnen Funken, ein Schiff. Der Rest seiner Flotte war den Blicken entzogen.

»Eine neue Gefechtsberührung«, sagte der Lautsprecher.

Ferune wartete regungslos auf Einzelheiten. Er dachte an die Worte eines alten terranischen Buches, das er gern las. ›Der Zorn eines Königs ist wie das Brüllen eines Löwen; wer ihn zur Wut reizt, sündigt gegen seine eigene Seele.‹

Stunden wurden zu Tagen, während die Flotten wechselseitig nach der verwundbarsten Stelle suchten.

Bei einer linearen Beschleunigung von 1 Terra-g kann ein Raumschiff ›vom Stand aus‹ eine astronomische Einheit – etwa 149 Millionen Kilometer – in knapp unter fünfzig Stunden zurücklegen. Danach hat es eine Geschwindigkeit von 1060 Kilometern in der Sekunde. In der doppelten Zeit bewegt es sich doppelt so schnell und wird die vierfache Entfernung zurückgelegt haben. Gleichgültig, welche Energie die Thermonuklearantriebe erzeugen, gleichgültig, welche Manövrierfähigkeit einem Gravitationsschub entstammt, der unmittelbar gegen jenes Geflecht von Beziehungen wirkt, das wir Weltraum nennen, man vermag Quantitäten in dieser Größenordnung nicht sehr schnell zu verändern.

Dazu kommt die Riesigkeit selbst nur interplanetarischer Strecken. Eine Kugel mit dem Radius von einer AE besitzt das Volumen von etwa dreizehn Millionen Terras; diesen Radius mit zehn zu vervielfachen heißt, das Volumen um das Tausendfache zu vergrößern. Egal, wie empfindlich die Instrumente, man durchforscht diese Tiefen nicht schnell, nicht mit großer Genauigkeit, von der unmittelbaren Umgebung abgesehen, noch weiß man, wo ein losgelöstes Objekt wirklich ist, wenn die Signale auf die Lichtgeschwindigkeit beschränkt bleiben. Während die Daten zunehmen, ändern sich nicht nur die Parameter der Schlachtberechnungen, sondern auch die Gleichungen.

Aber dann kommt es mit explosiver Schnelligkeit zu einer relativ genauen Annäherung und bei relativ angepaßten Geschwindigkeiten zu einem Kampf, der in Sekunden entschieden sein kann.

»Nummer Sieben, Start!« warnte der Leitroboter und schleuderte die ›Sternschnapper‹ hinaus zum Kampf.

Der Antrieb schaltete sich ein. Philippe Rochefort spürte die Vibration im ganzen Körper, angeschnallt im Pilotensessel. Über seinen Instrumenten füllten Bildschirme einen Viertelkreis mit Sonnen. Laura leuchtete, durch Filter gedämpft, als kleine Scheibe zwischen zwei Zodiakallichtflügeln.

Der Radaralarm tönte, ein Pfeil drehte sich in einer

durchsichtigen Kugel. Sein Herz zuckte. Er sah den Zylinder, der auf die breite Flanke der ›Ansa‹ zuschoß.

Beim Start der Raumboote war der Negagrav-Schirm abgeschaltet. Wenn ein Torpedo trifft – Im Vakuum sind mehrere Kilotonnen nicht ganz so entsetzlich zerstörerisch wie in Luft oder Wasser, auch ist ein großes Schiff gepanzert und in Sektionen aufgeteilt. Trotzdem entstehen schwere Schäden, vielleicht schwerste; Menschen werden dabei zerrissen, lebendig gesotten.

Ein Energiestrahl flammte auf. Ein greller Lichtschein. Millisekunden danach Entwarnung. Eines von Wa Chaous Geschützen hatten den Torpedo zerstört.

»Gut gemacht!« rief Rochefort ins Mikrofon. Sein Boot fegte davon. Die ›Ansa‹ schrumpfte zwischen den Sternbildern zusammen.

»Geben Sie mir eine Zeitschätzung, Abdullah«, sagte er.

»Er scheint uns bemerkt zu haben«, erwiderte Helus Stimme. »Kommt darauf an, ob er weg will oder angreift – Hm, ja, er sucht Deckung. Wir können ihn in etwa zehn Minuten abfangen, falls er höchste Beschleunigung beibehält. Andernfalls wird uns keiner helfen können, und wenn wir warten, entkommt er uns.«

»Wir warten nicht«, entschied Rochefort. Er ließ sich über Laserverbindung die Zustimmung der Kommandozentrale geben.

»Wenn Sie Erfolg haben, fliegen Sie zu –« Rochefort bekam eine Reihe von Zahlen zu hören, die von den Maschinen aufgenommen wurde – »und handeln Sie nach eigenem Ermessen. Wir haben dort ein leichtes Schlachtschiff geortet. Wir und ›Ganymede‹ werden versuchen, seine Abwehr zu durchbrechen. Viel Glück.«

Das Raumboot wurde immer schneller, bis die Ballistikmesser Verzögerung empfahlen.

»Reichweite«, sagte Helu.

Energiestrahlen fauchten. Die Photonen, die man entlang ihrer Bahnen sehen konnte, waren nur ein winziger Bruchteil der tatsächlichen Energie.

Einer berührte das Boot. Die automatische Ablenkung funktionierte. Seitwärtsbeschleunigung trat ein, so daß Rochefort in seinen Sitz gepreßt wurde, dann kehrte normale Schwerkraft zurück. Sie waren am Leben – und dort drüben, mit dem bloßen Auge zu sehen, der Feind!

Rochefort ließ sein Raumboot darauf zuschnellen. Das fremde Schiff schwoll dunkel an. Zwei Strahlen zuckten heraus. Rochefort blieb auf Kurs. Zwei Blitze. Die Torpedos waren zerstört.

Der Ythrier rückte näher, bis Rochefort das Abzeichen sehen konnte, ein Rad mit Speichen aus Blütenblättern. Ein Torpedo wurde abgeschossen. Wa Chaou vernichtete ihn beinahe noch im Abschußrohr. Die Torpedos der ›Sternschnapper‹ trafen.

Die Explosion fand in solcher Nähe statt, daß die glühenden Gase die Bildschirme des Terra-Raumboots erfüllten. Ein Wrackstück traf es. Das Boot erbebte und gongte. Dann war es vorbei, allein im Raum. Sein Gegner war eine Wolke, die sich ausdehnte, bis sie unsichtbar wurde, ein paar verglühte Metalltrümmer, die zu Meteoriten wurden und verschwanden.

»Donnerwetter!« sagte Rochefort mit schwankender Stimme.

»Knapp«, meinte Helu. »Beim nächstenmal verlangen wir lieber Antistrahlungs-Nachbrenner.«

»Richtig. Aber jetzt haben wir noch zu tun.« Rochefort gab neue Vektoren ein. »Keine Sorge, nach dem, was ihr geleistet habt.«

Sie waren noch nicht am Schauplatz, als freudige Meldungen und ein zweiter Flammenschein verkündeten, daß das feindliche Schlachtschiff zerstört war.

8

Langsam schrumpften die Raumbereiche, wo der Krieg geführt wurde, und näherten sich einander. Nie flogen Raumschiffe in Formation. Wenn sich zwei größere Einheiten einer Flottille auf hundert Kilometer nahe kamen, betrachtete man das als sehr nahe. Die Verzögerung der Kommunikation fiel aber auf Null zu, die tödlichen Begegnungen wurden häufiger.

Cajal berichtete Saracoglu in einer Aufzeichnung: »Wenn alle ythrischen Systeme so stark wären wie Laura, würden wir vielleicht die gesamte Raummarine des Imperiums brauchen, um damit fertig zu werden. Hier besitzen oder besaßen sie annähernd die Hälfte der Einheiten von mir – das heißt ein Sechstel der Zahl, die wir für die Eroberung der ganzen Domäne für notwendig hielten. Das bedeutet natürlich nicht, daß ihre tatsächliche Stärke dem entspricht. Nach unseren Maßstäben fehlt es ihnen an schweren Schiffen. Ihre Zerstörer, und dazu die Korvetten und Torpedoboote, summieren sich aber beträchtlich. Ich bin froh, daß kein anderer Gegner, außer Quetlan selbst, auch nur annähernd mit Laura zu vergleichen ist!

Wir kommen trotzdem gut voran. Etwa die Hälfte der noch verbliebenen Schiffe zieht sich auf Avalon zurück. Wir wollen ihnen folgen, sie dort vernichten und damit den Planeten überwältigen.

Der Rest ihrer Flotte zieht sich in den Weltraum zurück. Sie wollen sich zweifellos zwischen den unbewohnten Planeten zerstreuen, wo sie sicher auf Monden und Asteroiden Stützpunkte besitzen, um von dort aus Ausfälle zu machen. Das ist nicht sehr bedrohlich für uns. Sobald wir den Planeten besetzt haben werden, wird man sie zurückrufen. Größere Schiffe mit Hyperantrieb werden sich irgendwo sammeln wollen. Auch das fällt nicht ins Gewicht.

Ich unterschätze den Gegner nicht. Er kämpft geschickt und verbissen. Sie haben wohl vor, in Verbindung mit den zur Heimatwelt zurückkehrenden Schiffen auf die Planetarverteidigung zurückzugreifen. Gott gebe, um ihretwillen, daß ihre Führer ein Einsehen haben und kapitulieren, bevor wir zuviel Schaden anrichten.«

Die Halbscheibe von Avalon schimmerte saphiren, durchzogen von Silber, klein und kostbar zwischen den Sternen. Morgana kam dahinter hervor. Ferune erinnerte sich an nächtliche Flüge unter dem Mond mit Wharr, seiner Frau, und nickte vor sich hin.

»Wie?« sagte Daniel Holm vom Bildschirm.

»Nichts. Ich habe nur nachgedacht.« Ferune atmete tief ein. »Wir haben wenig Zeit. Sie rücken schnell nach. Ich möchte mich vergewissern, daß es keine ernsthaften Einwendungen gegen den Kampfplan gibt.«

Der Laserstrahl brauchte einige Sekunden zwischen Flaggschiff und Hauptquartier.

»Und ob!« knurrte Holm. »Das habe ich dir schon gesagt. Du hast ›Hell Rock‹ zu nah herangebracht. Ein vorzügliches Ziel.«

»Und ich habe dir erklärt, daß wir die Leitfunktionen nicht mehr brauchen. Wir benötigen die Feuerkraft, ja, und die Anziehungskraft des Schiffes für den Gegner. Deshalb habe ich nie erwogen, es nach Quetlan zurückzufliegen. Da wäre sie nur ein Schiff unter vielen. Hier ist sie der Schlüssel für unseren Plan. Wenn es gut geht, übersteht sie es. Garantien gibt es nicht. Wenn wir jetzt umstellen, riskieren wir eine Katastrophe.«

Schweigen. Morgana schob sich weiter hinter Avalon hervor.

»Hm –« Holm lehnte sich zurück. »Na ja.«

»Onkel, eine Meldung über Gefechtsberührung«, sagte Ferunes Adjutant.

»Schon?« Der Erste Marchwardener von Avalon wandte sich dem Leitschirm zu. »Hast du gehört, Daniel Holm? Guter Wind für dich.« Er schaltete ab. »Die optimale Umlaufbahn muß noch einmal berechnet werden«, sagte er zu seinem Adjutanten. »Die besten Möglichkeiten der Terraner sind zu simulieren – von ihrem Standpunkt aus, unter Berücksichtigung unserer Informationen – und unser Vorgehen wird darauf abgestellt.«

Im Weltraum zuckte Feuerwerk. Nicht jede Explosion bedeutete einen Treffer, ja die meisten nicht, aber sie nahmen zu.

›Drei Sterne‹ schoß aus ihrem Kreuzer. Augenblicklich orteten die Detektoren ein Objekt. Die Analyse folgte in Sekundenschnelle – ein terranisches Meteor-Boot.

»Beute!« rief Vodan. »Fünf Minuten bis Reichweite.«

Sein neuer Vektor wies genau auf Avalon. Der Planet wurde größer, er flog auf Eyath zu. Zweifel an seinem Sieg gab es für ihn nicht. Das Boot war größer als sein terranisches Gegenstück – die Ythrier brauchten mehr Platz – und hatte deshalb etwas weniger Beschleunigung, aber die Feuerkraft war um so größer.

Vodan nahm die Füße von der Stange und schwebte in den Gurten. Er breitete die Flügel aus. Langsam schlug er damit und pumpte sein Blut voll Sauerstoff, seinen Körper voll Kraft und Schnelligkeit. Seine vier Untergebenen folgten seinem Beispiel.

»Da!« schrie Rochefort. Er sah einen bewegten Lichtpunkt auf dem Schirm, der sich langsam vergrößerte, zu einem schlanken Raumboot wurde, an dessen Rumpf drei goldene Sterne glänzten.

Die Vektoren waren beinahe identisch. Die Boote flogen langsamer aufeinander zu als zum Planeten. Seltsam, dachte Rochefort, wie nah ›Ansa‹ ohne jeden Widerstand herangekommen ist. Wollen sie sich nur der Form halber verteidigen? Ich möchte dafür niemand töten. Avalon war wunderschön. Er kam so heran, daß die große Scheibe zu seiner Linken im vollen Tageslicht lag – azuren, türkis, indigo, tausend verschiedene Blautöne unter den Wolkenstreifen. Eine Landmasse war zu erkennen – grün, braun und gelblich. Auf der Rechten herrschte Dunkelheit, aber Mondlicht schimmerte geheimnisvoll auf den Meeren.

Wa Chaou sandte einen Blitz hinaus. Kein Ergebnis. Die Reichweite genügte nicht. So würde es nicht lange bleiben. Rochefort brauchte keine Vergrößerung, um jetzt das feindliche Boot zu sehen. Auf den Bildschirmen war es erst ein Funke, aber er bewegte sich vor dem sternenbesetzten Hintergrund.

Der Raum flammte tausend Kilometer im Umkreis des riesigen Sphäroids der ›Hell Rock‹. Sie versuchte nicht auszuweichen; bei ihrer Masse war das nutzlos. Sie umkreiste ihre Welt. Die feindlichen Schiffe fegten heran, feuerten, jagten vorbei und kehrten um. Sie waren viele, die ›Hell Rock‹ allein, bis auf eine Wolke von Meteor- und Kometbooten. Ihre Feuerkraft war jedoch gewaltig wie die Instrumenten- und Computereinrichtungen. Sie war nicht beschädigt worden. Mußte man einen Teil der Abschirmung abschalten, um Rakteten abzufeuern, dann fingen Energiewaffen ab, was auf die verwundbare Stelle gerichtet wurde.

Sie war im Weltraum gebaut worden und würde nie den

Boden berühren. Ein Planetoid für sich, zerfetzte sie Schiff um Schiff, das sich an sie heranwagte.

Cajals Supernova war stärker, aber die ›Valenderay‹ durfte nicht aufs Spiel gesetzt werden. Die ganze Panzerung und Bewaffnung diente dazu, das Kommando über die Flotte zu erhalten. Als er die Nachricht erhielt, studierte er den Schautank.

»Wir vergeuden kleinere Fahrzeuge«, sagte er. »Sie verschluckt sie einfach. Ich schicke ungern große Schiffe hin. Der Feind scheint eine stärkere Abwehr zu besitzen, als wir angenommen haben, und sie wird bald eingesetzt werden. In solcher Nähe zählen Geschwindigkeit und Manövrierfähigkeit nicht soviel wie sonst. Wir brauchen pure Gewalt, um dieses Ungeheuer auszulöschen, und zwar, bevor wir für den Planeten überhaupt eine ernsthafte Bedrohung darstellen können.« Er zupfte an seinem Bart. »Nun – ›Persei‹, ›Ursa Minor‹, ›Regulus‹, ›Jupiter‹ und ein paar Helfer sollten es schaffen können ... schnell genug und auf eine Entfernung, die auch zuläßt, daß sie alles verdauen, was vom Planeten selbst kommen mag.«

Die Taktik-Computer bestätigten und erweiterten seine Entscheidung. Er gab die Befehle.

Vodan sah einen Torpedo vorbeirasen.

»Ha, gut!« schrie er. Hätte er die Beschleunigung etwas geringer angesetzt, wäre es ein Treffer geworden. Das Geschoß bremste ab und wendete, aber einer seiner Leute zerstörte es.

Das terranische Boot kroch links vorne unten vorbei. Vodans Instrumente zeigten an, daß es mehr seitliche als Vorwärtsbeschleunigung besaß. Der Pilot schien den Ythrier überlaufen zu wollen, in der Hoffnung, durch konzentriertes Feuer einen Treffer erzielen zu können, bevor der Gegner sich einschießen konnte. Da die Ythrier im

Gegensatz zu den Terranern nicht mit Raumanzug kämpften, bedeutete ein größeres Leck im Rumpf ihren Tod.

Vodan stellte seine Berechnungen an. Seine Leute stellten die Geräte ein.

Der Meteor schoß vorne vorbei, zwergenhaft vor dem leuchtenden Avalon. Plötzlich sprühte an dem gegnerischen Boot ein glitzernder Nebel auf. Er breitete sich zu einem Schleier aus, zu einer Wand und verbarg die Schiffe voreinander.

Strahlen zuckten hindurch und suchten ein Ziel. Vodan wußte genau, wohin er zielen mußte. Die Strahlen wüteten dreißig Sekunden lang.

Der Metallstaub zerstreute sich. Avalon leuchtete wieder ruhig und riesig. Vodan stellte das Feuer ein, bevor seine Projektoren ausbrannten. Der Meteor rührte sich nicht. Vodan benützte eine größere Auflösung und sah das Leck am Heck bei den Antriebskoni. Luft fauchte heraus, Wasser kondensierte geisterhaft weiß, bis es im Vakuum verschwand. Die Beschleunigung hatte aufgehört.

Vodan jubelte.

»Wir haben ihn getroffen!« rief er.

»Er könnte seine Torpedos als Schwarm abschießen«, mahnte der Ingenieur.

»Nein. Schau es dir an. Der Treffer liegt im Energieerzeuger. Nur die Kondensatoren funktionieren noch, aber damit kann er nichts mehr beschleunigen.«

»Hm. Sollen wir ihn erledigen?«

»Mal sehen, ob er sich ergibt. Normalfrequenz . . . Achtung, Meteor. Achtung, Meteor.«

Noch eine Trophäe für dich, Eyath!

Die ›Hell Rock‹ erzitterte und vibrierte. Donner drang ins Innere. In der Luft hing ätzender Rauch, Schreie und Befehle gellten, Füße stampften, Schwingen flatterten.

Schott für Schott öffnete sich dem Weltraum, während die beschädigten Zellen abgedichtet wurden.

Sie kämpfte. Sie konnte mit dem Rest ihrer Automaten weiterkämpfen, nachdem der letzte Mann von Bord gegangen war.

Das waren Ferune, sein Stab, und ein paar Mann, die bei ihrem Oberhaupt blieben. Sie bewegten sich durch rüttelnde, dröhnende Gänge.

»Wie lange noch, bis sie das Schiff zerstört haben?« fragte jemand hinter Ferune.

»Eine Stunde, vielleicht«, sagte er. »Die Erbauer haben gute Arbeit geleistet. Vorher wird Avalon natürlich zuschlagen.«

»In welcher Minute?«

»Das muß Daniel Holm berechnen.«

Sie zwängten sich in das Rettungsboot. Ferune übernahm die Steuerung. Das Raumfahrzeug hob sich auf Kraftfeldern, Ventile bewegten sich, das Boot verließ den Rumpf des Mutterschiffs und fegte nach Hause.

Ferune schaute um. Das Flaggschiff war halb zerfetzt, von Kratern übersät. An manchen Stellen war das Metall geschmolzen.

»Erheb dich froh in den Wind«, flüsterte Ferune. In diesem Augenblick legte er seine neue Art, seine fremde Art, ab und war von Ythri, Mistwood, Wharr, den Ahnen und den Kindern.

Avalon schlug zu. Das Boot schwankte. Unter der unerträglichen Helligkeitsbelastung erloschen die Bildschirme. Für kurze Zeit fiel die Beleuchtung aus. Die Raumfahrer duckten sich im Lärm, in der Hitze und der Blindheit.

Es ging vorbei. Das Boot war nicht ernsthaft beschädigt. Notsysteme schalteten sich ein. Das Sehvermögen kehrte zurück, innen und außen. Die ›Hell Rock‹ war achtern eine Silhouette vor dem verblassenden Feuerball, der sich über den halben Himmel ausbreitete.

»Wie – viele – Megatonnen?« flüsterte jemand.

»Ich weiß es nicht«, sagte Ferune. »Wahrscheinlich genug, um die Kräfte des Gegners zu vernichten, die wir angelockt hatten.«

»Ein Wunder, daß wir davongekommen sind«, meinte sein Adjutant. Alle Federn an seinem Körper hatten sich aufgerichtet und bebten.

»Die Gase streuen kilometerweit«, erinnerte ihn Ferune. »Wir haben keinen Schirmfeld-Generator, gewiß. Aber bis uns die Welle erreichte, konnte selbst eine Beschleunigung, die mehreren Millionen Grad entspricht, unsere Temperatur nicht wesentlich steigern.«

Es wurde still, während in der Ferne kleinere Explosionen aufflammten und verblaßten.

»Ionisierungs-Strahlung«, sagte Ferune. »Primär und sekundär. Ich weiß nicht, wieviel wir abbekommen haben. Der Zähler ist überlastet. Aber wir können uns wahrscheinlich wenigstens zurückmelden.«

Er beugte sich über die Steuerung. Wharr wartete.

Rochefort tastete sich durch den Rumpf der ›Sternschnapper‹. Die Innengravitations-Generatoren waren ausgefallen; sie schwebten gewichtslos im freien Fall. Und nur in den Raumanzügen gab es Luft für sie. Die Stille lastete auf ihm, bis er sein Herz klopfen hörte.

»Wa Chaou!« krächzte er ins Mikrofon. »Wa Chaou, sind Sie da?«

»Leider nicht«, sagte Helus Stimme aus dem Maschinenraum in seinen Kopfhörern.

Rochefort fand die kleine Leiche hinter einer heruntergerissenen Instrumententafel. Ein Strahl hatte Anzug und Fleisch durchbohrt.

»Ist er tot?« fragte Helu.

»Ja.« Rochefort preßte den Cynthier an seine Brust und kämpfte gegen die Tränen an.

»Können wir noch feuern?«

»Nein.«

»Tja, ich glaube, ich kann Kondensatorenergie in den Antrieb leiten. Damit kommen wir zwar nicht vom Planeten los, aber vielleicht können wir landen, ohne unterwegs zu verglühen. Der Pilot muß erstklassig sein. Zurück an den Posten, Chef.«

Rochefort öffnete Wa Chaous Helm, um die Augen zu schließen, aber die Lider ließen sich nicht über die vorquellenden Augäpfel ziehen. Rochefort kehrte an seinen Platz zurück.

Die Ruflampe blinkte. Mechanisch drückte er auf eine Taste und hörte Inglisch, mit Akzent gesprochen, guttural und klingend: » –tung, Meteor! Sind Sie am Leben? Hier ist der Avalonier. Bestätigen, sonst feuern wir.«

»Be- be-« Bevor der Laut zu einem Schluchzen werden konnte, sagte Rochefort: »Ja, hier ist der Kapitän.«

»Wir nehmen Sie an Bord, wenn Sie wollen.«

Rochefort klammerte sich an die Sessellehne.

»Ythri hält sich an die Konventionen der Kriegführung«, sagte die nicht-menschliche Stimme. »Sie werden verhört, aber nicht mißhandelt. Wenn Sie sich weigern, müssen wir Sie zur Vorsicht vernichten.«

Kh-h-h-h . . . m--m-m . . .

»Antworten Sie! Wir sind schon zu nah an Avalon. Die Gefahr, ins Kreuzfeuer zu geraten, wird immer größer.«

»Ja«, hörte Rochefort sich sagen. »Natürlich. Wir ergeben uns.«

»Gut. Ich sehe, daß Sie Ihren Antrieb nicht wieder eingeschaltet haben. Lassen Sie es. Wir passen unsere Geschwindigkeit an. Seilen Sie sich an und springen Sie hinaus. Wir holen Sie mit einem Traktorstrahl herüber. Verstanden? Wiederholen Sie.«

Rochefort tat es.

»Sie haben gut gekämpft«, sagte der Ythrier. »Sie haben sich ehrenvoll gehalten. Ich bin stolz, Sie an Bord begrüßen zu können.« Und Stille.

Rochefort rief Helu. Sie legten sich die Enden eines Kabels um die Hüften, öffneten die Schleuse und stiegen hinaus. Kilometer entfernt sahen sie das Raumboot mit den drei Sternen wie einen Adler auf sie zuschießen.

Der Himmel flammte auf.

Als sich der rote Nebel vor ihren Augen verzogen hatte, sagte Helu erstickt: »Ullah akbar, Ullah akbar ... Sie sind fort. Was war das?«

»Direkter Treffer«, sagte Rochefort. »Sie wußten, daß wir hilflos waren und keine Kameraden in der Nähe hatten. Trotz einer Bemerkung, die der Kapitän gemacht hat, müssen sie vergessen haben, auf ihre eigene Seite zu achten. Die auf dem Planeten stehenden Waffen sind eingesetzt worden. Ich nehme an, daß zu den Geschossen auch Selbstlenkraketen gehörten. Unser Antrieb lag still. Der ihre nicht. Ein Torpedo zielte auf die Emissionen.«

»Was, keine Erkennungsgeräte?«

»Offenbar nicht. Bei dem Maßstab, in dem die Avalonier zuschlugen, mußten sie Quantität über Qualität stellen und sich darauf verlassen, daß sie wußten, wo die Einheiten sind. Der Kampf selbst findet viel weiter draußen statt.«

»Hm.« Sie hingen zwischen Dunkelheit und Glitzern, atmend. »Wir haben unser Transportmittel verloren.«

»Dann müssen wir uns eben behelfen«, erwiderte Rochefort. »Los.«

Hinter seiner Gelassenheit war er betroffen von der Ungeheuerlichkeit der avalonischen Abwehrmaßnahmen.

9

Als das Boot donnernd und rüttelnd gelandet war, verlor Rochefort das Bewußtsein.

Einige Minuten später kam er zu sich. Helu stand vor ihm.

»Alles in Ordnung, Chef?« Die Stimme des Ingenieurs schien von weit her zu kommen.

»Okay«, murmelte Rochefort. »Geben Sie mir – noch eine – Stimulanspille –«

Helu tat es, mit einem Glas Wasser, das Wunder wirkte.

»Fatimas Hand! Was für ein Ritt!« sagte er gepreßt. »Ich dachte schon, wir sind erledigt. Wie haben Sie uns eigentlich heruntergebracht?«

»Das weiß ich nicht mehr«, antwortete Rochefort.

Die Droge begann zu wirken und gab ihm die Klarheit zurück. Er dachte über den alptraumhaften Flug nach, bestaunte die Tatsache, daß er und Helu noch lebten. Nach geraumer Zeit war der Rumpf so weit abgekühlt, daß sie die Schleusentür berühren konnten.

»Gute Luft«, sagte Helu.

Rochefort atmete dankbar ein. Es roch nach Ozon, Jod, Pflanzen, Blumenduft; die Luft war mild. Es wehte ein frischer Wind.

»Luftdruck etwa wie auf Terra«, sagte Helu. »Wie kann ein Planet von der Art die Gase so festhalten?«

»Den Typ kennen Sie doch.«

»Ja, aber ich habe noch nie darüber nachgedacht. Nachdem mir das Universum wiedergegeben ist, möchte ich es, äh, besser kennenlernen.«

»Nun, der Magnetismus spielt eine Rolle«, erklärte Rochefort abwesend. »Der Kern ist klein, aber dafür die Drehung schnell. Außerdem muß das Feld nicht so viele geladene Teilchen abstoßen. Die UV- und Röntgenstrahlung ist geringer. Diese Sonne steht ziemlich nah – wir haben etwa zehn Prozent mehr Licht als Terra –, ist aber kühler als Sol.«

Inzwischen spürte er die Schwerkraft. Sein Gewicht betrug vier Fünftel dessen, was es im Raumboot vor dem freien Fall ausgemacht hatte. Wenn man sechzehn Kilogramm verlor, merkte man das zunächst.

Er trat vor und schaute sich um. Die noch intakt gebliebenen Bildschirme hatten ihm gezeigt, daß dieses Gebiet unbewohnt war. Landeinwärts stieg es steil an. Auf der anderen Seite fiel es hinab zu einem Strand mit schäumender Brandung. Dahinter erstreckte sich das Meer bis zu einem Horizont, der trotz des Radius von Avalon nicht näher zu sein schien als auf Terra oder Esperance. Der Himmel war von tieferem Blau. Die Sonne stand tief und versank doppelt so schnell wie auf dem Heimatplaneten der Menschen. Die Scheibe war etwas größer, die Farbe golden. Ein Sichelmond zog dahinter auf, um etwa ein Viertel größer als Luna, von der Erde aus gesehen. Rochefort wußte, daß er tatsächlich kleiner war, aber wegen seiner Nähe waren die Gezeiten doppelt so stark.

Ab und zu sah man hoch am Himmel Funken aufglimmen – ungeheure Explosionen im Weltraum. Rochefort schob den Gedanken von sich fort. Für ihn war der Krieg praktisch zu Ende. Mochte er für alle bald vorbei sein.

Er wandte sich dem Leben zu, das ihn umgab. Sein Raumboot hatte eine dichte Matte von beryllgrünen Pflanzen durchschrammt, die die Insel bedeckte.

»Das erklärt wohl, warum der Planet keine eigenen Wälder hat«, murmelte er, »und das wiederum macht klar, weshalb die Fauna unterentwickelt ist.«

»Dinosaurierstadium?« fragte Helu, während er einen Schwarm plump geflügelter Wesen beobachtete. Sie hatten vier Beine; das Grundmuster der Wirbeltiere auf Avalon war sechsfüßig.

»Na ja, reptiloid, wenn auch manche über Haare oder ein tüchtiges Herz verfügen. Im großen und ganzen haben sie gegen die Säugetiere oder Vögel keine Chancen. Die Kolonisten hatten viel Arbeit, um eine stabile gemischte Kolonie aufzubauen, und sie beließen große Landbereiche als Reservate, einschließlich des gesamten Äquatorkontinents.«

»Sie haben sich wirklich damit befaßt, was?«

»Es interessierte mich. Und – ich hielt es nicht für richtig, sie nur als meine Ziele zu betrachten. Ich war der Meinung, daß ich eine Vorstellung von den Leuten haben müßte, gegen die ich kämpfen sollte.«

Helu blickte landeinwärts. Es gab vereinzelt Sträucher und Bäume. Letztere waren entweder niedrig und dick oder schlank und biegsam, um die starken Winde zu überstehen, die es bei der schnellen Rotation häufig geben mußte. Herbst oder nicht Herbst, viele Blumen blühten noch in strahlendem Scharlachrot, Gelb und Purpur. An verschiedenen Pflanzen hingen Früchte in dicken Trauben.

»Können wir essen, was es hier gibt?« fragte Helu.

»Ja, natürlich«, sagte Rochefort. »Sie hätten nie den Erfolg gehabt, den sie erzielten, wenn sie auf lokale Quellen hätten zurückgreifen können. Manches Wichtige fehlt, verschiedene Vitamine und dergleichen. Die importierten Haustiere mußten deshalb genetisch umgestellt werden. Wenn wir ausschließlich Nahrung von Avalon genießen würden, bekämen wir Mangelkrankheiten. Das ginge aber nicht schnell. Ich habe gelesen, daß vieles sehr gut schmeckt. Leider ist viel davon auch giftig, und ich weiß nicht, was für was gilt.«

»Hm.« Helu zupfte an seinem Schnurrbart und machte

ein finsteres Gesicht. »Wir sollten lieber jemanden rufen, der uns holt.«

»Eilt nicht«, sagte Rochefort. »Zuerst sehen wir uns gründlich um. Das Boot hat Vorräte für Wochen. Wir könnten vielleicht –« Er verstummte. »Wir haben eine Pflicht.«

Sie machten aus Schrotteilen einen Spaten; die Pflanzendecke war zäh und hart, der Boden aus festem Lehm. Der Sonnenuntergang war flammend vorbeigegangen, bevor sie Wa Chaou begraben hatten.

Der Vollmond hätte genug Licht abgegeben; die höhere Albedo, ihre spitzwinklig zulaufende Gestalt und die Leuchtkraft verliehen dem Mond die dreifache Helligkeit von Luna. Die dünne Sichel dieser Nacht verschwand dagegen bald, aber sie lasen die Gebete im Lampenschein von zwei Begleitplaneten und zahllosen Sternen. Die meisten Konstellationen entsprachen denen, die er mit Eve Davisson auf Esperance gesehen hatte. Drei oder vier Parsecs bedeuteten in der Galaxis nicht viel.

Und ein Leben? Ich muß es glauben.

»– Vater, in welcher Gestalt er Dich auch verehrt hat, wir übergeben Dir unseren Kameraden. Gib ihm die Ruhe, wie Du sie uns geben magst. Herr, sei gnädig.«

Die schaurigen kleinen Blitze am Himmel verblaßten allmählich.

»Absetzen«, sagte Cajal. »Rückzug. Neuformierung in großen Umlaufbahnen.«

»Aber, aber, Admiral«, protestierte ein Offizier, »ihre Schiffe – sie werden die Gelegenheit nutzen, zu entkommen – im Weltraum zu verschwinden.«

Cajals Blick glitt von Bildschirm zu Bildschirm. Gesichter starrten ihn an, manche menschlich, andere nichtmenschlich, aber alle von Offizieren des Imperiums Terra. Es fiel ihm schwer, die Blicke zu erwidern.

»Das müssen wir hinnehmen«, sagte er. »Was wir nicht hinnehmen können, sind weitere Verluste dieser Art. Laura ist nur ein Prolog. Wenn der Preis so hoch wird, daß wir auf Verstärkung warten müssen, so daß Ythri sich neu organisieren kann, ist unsere gesamte Strategie hinfällig. Der ganze Krieg wird lang und kostspielig.« Er seufzte. »Wir wollen offen reden, Bürger«, fuhr er fort. »Unsere Informationen über dieses System sind unzureichend. Wir hatten keine Ahnung, welche Befestigungen auf Avalon errichtet worden waren –«

Auf den Umlaufbahnen kreisten Hunderte von automatischen Stationen, deren Energieerzeuger keine Maschinen antrieben; sie unterstützten die Abwehrschirme und Angriffsprojektoren und flogen zwischen diesen und dem Planeten hin und her, – zahllose Versorgungsschiffe, die mitbrachten, was nötig war, um die Roboter feuerbereit zu erhalten.

Auf der Oberfläche, und auf dem Mond, befand sich ein globales Netz von Detektoren, Abschußrampen und Energiewaffen, die zu groß waren für Raumschiffe; manche tief im Feld verankert oder am Meeresboden, andere auf dem Boden oder im Wasser. Die Chance für ein Raumfahrzeug oder Geschoß aus dem Weltraum, unbehindert durchzukommen, war wahrhaftig gering; und Nega-Felder schirmten alle wichtigen Punkte ab.

In der Luft ein Wespenschwarm von Jagdschiffen auf Patrouillenflügen, bereit, sich in Massen auf jeden zu stürzen, der unvorsichtig genug sein mochte, einzudringen.

»– und die Verteidiger haben unsere Unwissenheit glänzend ausgenützt. Sie lockten uns in Positionen, die den Instrumenten erlaubten, uns schwere Schäden zuzufügen. Wir sitzen in der Falle zwischen dem Planeten und seinen Schiffen. Die feindliche Flotte mag unterlegen sein, aber unter den gegenwärtigen Umständen leistet sie unverhältnismäßig viel.

Wir haben keine Wahl. Wir müssen die Umstände ändern, und zwar schnell. Wenn wir uns außerhalb der Reichweite der Verteidigungsanlagen zurückziehen, ist ihre Flotte wieder im Nachteil, und sie wird sich, wie Captain K'thak sagte, an den Rand des Systems zurückziehen.«

»Und dann, Sir?« fragte jemand. »Was tun wir dann?«

»Wir beurteilen die Lage neu«, erwiderte Cajal.

»Können wir sie mit dem, was wir haben, zudecken?« überlegte ein anderer.

»Das weiß ich nicht«, gab Cajal zu.

»Wie konnten sie das tun?« rief ein Mann hinter den Verbänden an seinem Gesicht. »Eine schäbige Kolonie – wieviel Leute sind es, vierzehn Millionen, hauptsächlich Viehzüchter? – wie war das möglich?«

»Das müßten Sie begreifen«, rügte Cajal. »Bei einem Überfluß an Atomenergie, bei ausreichenden Rohstoffquellen und mit modernster automatisierter Technologie braucht man nichts sonst als den Willen. Maschinen produzieren Maschinen in einer Exponentialreihe. Nach wenigen Jahren ist die Produktion voll im Gange, begrenzt nur durch die verfügbaren Minerale. Eine unterbevölkerte, vorwiegend ländliche Welt wie Avalon leidet daran keinen Mangel.

Ich stelle mir vor, daß diese ländliche Wirtschaft die Aufgabe erleichtert hat, geheimzuhalten, welche Anstrengungen unternommen worden sind. Eine weiter entwickelte Gesellschaft hätte sich an ihre vorhandene Industrie wenden müssen, die offen zutage liegt. Die avalonische

Führung hat die meisten Einrichtungen, sobald einmal die Zustimmung der Wähler vorlag, von Null an aufgebaut, in Gebieten, wo niemand wohnt.« Er nickte. »Ja, Bürger, gestehen wir uns ein, daß wir übertölpelt worden sind.« Er richtete sich auf. »Jetzt müssen wir retten, was zu retten ist.«

Man besprach Mittel und Wege. Mitgenommen, mehr als dezimiert, war die terranische Streitmacht noch immer gigantisch. Einen geordneten Rückzug durchzuführen, war ein großes Unternehmen für sich. Und die Unwägbarkeiten des Kampfes blieben bestehen. Den avalonischen Kapitänen mußte Gelegenheit gegeben werden, den Kampf einzustellen, damit sie nicht noch mehr Unheil anrichten konnten.

Endlich machten sich die Computer und Untergebenen an die Arbeit, und die ersten Rückzugsbewegungen wurden eingeleitet. Cajal konnte allein sein.

Wirklich? dachte er. Jemals wieder? Die Gespenster drängen sich um mich.

Nein. Dieses Debakel war nicht seine Schuld. Er hatte sich auf falsche Informationen verlassen müssen. Saracoglu – nein, der Gouverneur war Zivilist. Der Geheimdienst der Marine – aber Saracoglu hatte recht gehabt. Richtige Spionage gegen Ythri war unmöglich. Außerdem verteilte sich der Geheimdienst ... die ganze Marine, das ganze Reich ... zu weit, zu dünn über riesige, unmenschliche, feindselige Weiten; am Ende konnte vielleicht das ganze Bemühen, den Frieden zu erhalten, nicht fruchtbar sein.

Man tat, was man konnte. Cajal wußte, daß er sich nicht schlecht gehalten hatte. Man konnte nicht von einem Debakel, allenfalls von einer Enttäuschung sprechen. Immerhin hatte er Lektionen gelernt, die er später würde gebrauchen können.

Trotzdem wollten sich die Gespenster nicht enfernen.

Cajal kniete nieder. *Christus, der du den Soldaten vergeben hast, hilf mir, mir selbst zu vergeben.* Er blickte auf das Bild seiner Frau. *Elena, wache über mich.*

Unter den Fliegenden wogte der Mittelozean leuchtend schwarz. Über ihnen standen die Sterne und eine Milchstraße, deren Eishauch in der warmen Luft glitzerte. Vor ihnen erhob sich die Gewitterwolkenmasse einer Insel. Tabitha hörte die Brandung.

»Sind Sie sicher, daß das Ding hier gelandet ist?« fragte einer von dem halben Dutzend Ythrier, die ihr und Draun folgten.

»Entweder hier oder im Meer«, knurrte ihr Partner. »Wozu ist die Heimwehr da, wenn nicht dafür, Detektoranzeigen nachzugehen? Still jetzt. Und Vorsicht. Wenn das ein Raumboot des Imperiums war –«

»Sind die Leute schiffbrüchig«, schloß Tabitha. »Hilflos.«

»Weshalb dann kein Notruf?«

»Vielleicht ist ihr Sender defekt.«

»Und vielleicht führen sie etwas im Schild. Das wäre mir recht. Wir haben viele Tote diese Nacht. Je mehr Terraner den Höllenwind hinter sich haben, desto besser.«

»Halt dich an deinen eigenen Befehl und sei still«, fauchte Tabitha.

Sie schwebten über dem Strand heran und über die Insel. Fotoverstärkerbrillen zeigten das Silbergrau, hier und dort mit höheren Gewächsen durchsetzt; auf Felsblöcken spiegelte sich Sternenlicht im Tau. Am liebsten wäre sie in dieser berauschenden Luft nackt geflogen, aber ihr Auftrag verlangte Overall, Küraß, Helm und Stiefel. Was hier geortet worden war, konnte ein defekter Avalonier sein, aber ebensogut – Ha!

»Schau!« Sie deutete hin. »Eine frische Spur.« Sie wendeten, überflogen einen Hügelkamm, und da lag das Wrack.

»Tatsächlich ein Terraner«, sagte Draun. Sie sah, wie sich sein Kamm und die Schwanzfedern aufrichteten. Er hob eine Lupe an die Augen. »Zwei Mann davor. Hia-h-h-h!«

»Halt!« rief Tabitha, aber er stürzte schon herunter.

Sie verfluchte die schwerfälligen Gravitationsgürtel, betätigte die Steuerung und stürzte ihm nach. Dahinter kamen die anderen Ythrier, die Strahlerpistolen an die Brust gedrückt, während die Schwingen ihre Leiber vorwärtspeitschten. Draun hatte die Pistole steckenlassen und dafür das einen halben Meter lange, gebogene Fao-Messer gezogen.

»Halt!« schrie Tabitha in die fauchende Luft. »Gebt ihnen doch Gelegenheit, sich zu ergeben!«

Die zwei Männer standen vor einem Hügel frisch aufgeworfener Erde und hörten das. Sie hoben die Köpfe. Draun stieß seinen Kriegsruf aus. Einer der Männer tastete nach seinem Halfter. Dann überfiel ihn der Orkan. Flügel klatschten. Zwei Meter über dem Boden kehrte Draun seinen Sturz in einen Aufwärtsschwung um. Der rechte Arm schwang das Messer. Der Kopf des Terraners flog von seinem Hals, prallte auf das Susin und hüpfte gräßlich. Der Körper blieb noch einen Augenblick stehen und sprühte Blut, bevor er wie eine Marionette, deren Schnüre abgeschnitten sind, zusammenbrach.

»Hia-h-h-h-h!« kreischte Draun. »Der Höllenwind fege dich vor meinen Genossen her! Sag Illarian, daß du kommst.«

Der andere Terraner stolperte zurück. Er hatte die Waffe herausgerissen. Er feuerte, ein Blitz und Knall in der Schwärze.

Bevor sie ihn auch umbringen – Tabitha hatte keine Zeit, etwas zu planen. Sie hechtete von hinten heran, sprang den Mann an und überschlug sich mit ihm. Sie schlug mit der Stirn an eine Wurzel, wurde mit dem Terraner über den Boden geschleift. Der Grav-Gürtel besaß nicht genug Kraft, sie beide hochzuheben.

Der Mann erschlaffte. Sie schaltete den Gürtel ab und kauerte neben ihm. Schmerz und Schwindel und das Keuchen ihrer Lunge waren weit weg. Er war nicht tot, sah sie, hatte sich nur den Kopf an einem Felsbrocken angeschlagen. Blut rann durch das wuschelige schwarze Haar, aber er bewegte sich, und seine Augen waren voll Sternenlicht. Er war groß, nach avalonischen Maßstäben dunkelhäutig ... Leute mit solchen Chromosomen ließen sich meist unter helleren Sonnen nieder, als Laura eine war ...

Die Ythrier schwebten in der Nähe. Der Wind rauschte durch ihre Gefieder. Tabitha stand auf. Sie stellte sich breitbeinig über den Terraner. Die Waffe in der Hand, keuchte sie: »Nein. Zurück. Nicht mehr töten. Er gehört mir.«

10

Ferune von Mistwood meldete sich in Gray, schloß seine Angelegenheiten ab und verabschiedete sich nach wenigen Tagen.

»Das Glück sei dein Freund, Erster Marchwardener«, sagte er zu Daniel Holm.

Holms Mund verzerrte sich.

»Du mußt doch mehr Zeit haben als – als –«

Ferune schüttelte den Kopf. Sein Kamm hing schlaff

herab, die noch verbliebenen Federn waren weiß geworden. Nur sein Grinsen hatte sich nicht verändert.

»Nein, die Ärzte können leider nichts mehr tun. Nicht, wenn alle Zellen betroffen sind. Die meisten bei mir waren ohnehin schon tot, höre ich. Aber ich mußte dir meine Macht und mein Wissen übertragen, bevor ich mich zur Ruhe begebe, nicht wahr?«

»Mir?« stieß Holm hervor. »Mir, der dich umgebracht hat?«

»Hör auf, Daniel Holm«, sagte Ferune scharf. »Wenn ich wirklich glaubte, daß du die Schuld trägst, würde ich dich nicht im Amt belassen – wahrscheinlich nicht einmal am Leben. Wenn jemand so dumm ist, wäre er gefährlich. Du hast meinen Plan ausgeführt, und er hat funktioniert, nicht?«

Holm kniete nieder und legte seinen Kopf auf das Kielbein. Es war scharfkantig, und die Haut war fieberheiß. Er konnte spüren, wie das Herz stockend klopfte. Ferune stellte sich auf die Hände, seine Fittiche umschlossen den Mann, und Lippen küßten ihn.

»Deinetwegen bin ich höher geflogen«, sagte Ferune. »Wenn der Krieg es erlaubt, gib uns die Ehre, zu meinem Ritus zu erscheinen. Guter Wind in Ewigkeit.«

Er ging. Ein Adjutant half ihm in einen Wagen und fuhr ihn nach Norden, in die Wälder seines Choths, und zu Wharr, die auf ihn wartete.

»Darf ich mich vorstellen. Ich bin Juan de Jesús Cajal y Palomares von Nuevo México und kommandiere die Marinestreitkräfte Ihrer Kaiserlichen Majestät. Sie haben mein Wort als terranischer Offizier, daß der Strahl gebündelt ist, die Relais automatisch arbeiten. Das Gespräch wird aufgezeichnet, aber nicht abgehört, das Band für streng geheim erklärt.«

Die beiden auf den Bildschirmen schwiegen. Cajal fragte sich, welchen Eindruck er auf sie machte. Bei dem alten Ythrier – Liaw? Ja, Liaw –, der offenbar die Zivilregierung vertrat, war nichts abzulesen. Daniel Holm nahm immer wieder die Zigarre aus dem Mund und trommelte mit den Fingern auf die Schreibtischplatte. In seinem Gesicht zuckte unablässig ein Muskel. Er war hager, zerzaust, bärtig, schmutzig, aber demütig wirkte er nicht.

Er war es, der schließlich fragte: »Warum?«

»Por qué?« gab Cajal überrascht zurück. »Warum ich eine Konferenz vorschlage? Um die Bedingungen zu besprechen, versteht sich.«

»Nein, warum die Geheimhaltung? Nicht, daß ich Ihnen das oder sonst etwas abnehme.«

Cajal spürte, wie sich sein Gesicht rötete. Ich darf nicht zornig werden, dachte er.

»Wie Sie wünschen, Admiral Holm. Aber bitte gestehen Sie mir gesunden Menschenverstand zu. Ganz abgesehen davon, daß sich die moralische Frage erhebt, ob man das Gemetzel weiterhin verantworten kann, müssen Sie einsehen, daß ich es vorziehen würde, weitere Verluste zu vermeiden. Deshalb umkreisen wir Avalon und Morgana in größerer Entfernung und haben seit der Beendigung der Kämpfe in der vergangenen Woche nichts mehr unternommen. Wir haben die Lage neu geprüft. Ich bin bereit zu verhandeln. Hoffentlich sind Sie es auch. Mich interessiert weder Pomp noch Aufsehen. Dergleichen behindert nur die Erzielung praktischer Lösungen. Deshalb die vertrauliche Art unserer Gespräche. Hoffentlich nützen Sie die Gelegenheit, so offen zu sprechen wie ich. Ihre Worte legen Sie nicht fest.«

»Unser Wort legt uns fest«, erwiderte Holm.

»Bitte«, drängte Cajal. »Sie sind zornig, Sie würden mich umbringen, wenn Sie könnten, aber Sie sind auch ein

Profi wie ich. Wir haben beide unsere Pflichten, so unangenehm sie sein mögen.«

»Nun gut, dann reden Sie. Was wollen Sie von uns?«

»Über Bedingungen sprechen, wie ich schon sagte. Mir ist klar, daß wir drei die Kapitulation nicht alleine verantworten oder durchführen können, aber –«

»Ich glaube schon«, sagte Liaw. »Wenn Sie ein späteres Kriegsgericht fürchten, werden wir Ihnen Asyl gewähren.«

Cajals Unterkiefer klappte herunter.

»Was sagen Sie da?«

»Wir müssen die Gewißheit haben, daß es sich nicht um eine List handelt. Ich schlage vor, daß Sie Ihre Schiffe der Reihe nach in eine nahe Umlaufbahn bringen, damit wir entern können. Für die Heimreise der Besatzungen wird später gesorgt.«

»Sind Sie – haben Sie –« Cajal schluckte. »Sir, wie ich höre, läßt sich Ihr Titel mehr oder weniger genau mit ›Richter‹ oder ›Rechtsprecher‹ übersetzen. Richter, das ist nicht die Zeit für Späße.«

»Wenn Sie nicht kapitulieren wollen, was gibt es dann zu besprechen?« fragte Holm.

»Ihre Kapitulation, por Díos!« Cajal schlug mit der Faust auf den Tisch. »Ich mache keine Spielchen mit Worten mit. Sie haben uns schon zu lange aufgehalten. Aber Ihre Flotte ist zerschmettert, die Überreste sind weit verstreut. Ein kleiner Teil unserer Flotte kann sie nach Belieben jagen. Wir kontrollieren den gesamten Raum um Sie. Sie können keine Hilfe von außen erwarten. Wir wollen Ihren Planeten ungern bombardieren. Bitte, zwingen Sie uns nicht dazu.«

»Nur zu«, sagte Holm. »Unsere Abfangmannschaften freuen sich darauf.«

»Aber – rechnen Sie damit, daß Blockadebrecher –

Oh, ich weiß, wie groß der Planet ist. Ich weiß, daß gelegentlich ein kleines Fahrzeug an unseren Patrouillen vorbeischlüpfen könnte, aber wirklich nur ein ganz kleines und sehr selten.«

Holm sog heftig an seiner Zigarre, bevor er sie ausdrückte.

»Ja, gewiß«, knurrte er. »Die gängige Methode. Eine Raumflotte eliminieren, dann muß der Planet aufgeben, oder ihr zerhaut ihn zu radioaktiver Schlacke. Hübsche Arbeit für einen Mann, ja? Nun, meine Kollegen und ich haben diesen Krieg seit Jahren kommen sehen. Wir wußten, daß wir nie eine vergleichbare Marine würden aufbauen können, wenn auch nur, weil eure Bevölkerung und euer Gebiet um so vieles größer sind. Aber die Verteidigung – Admiral, Sie befinden sich am Ende einer langen Nachrichten- und Nachschublinie. Die Grenzwelten vermögen Mengen, wie Sie sie brauchen, nicht zu produzieren; das muß aus dem Imperium selbst kommen. Wir dagegen sind schon am Platz und können alles Notwendige hervorbringen, so schnell wir es brauchen. Wir können euch nicht verfolgen, aber wir können verdammt gut alles verdauen, was ihr loslaßt.«

»Wirklich?«

»Gut, ab und zu könnt ihr mit Glück einen Sprengkopf landen, und dieser könnte groß und schmutzig sein. Darüber kämen wir hinweg, die Heimwehr verfügt über Entstrahlungstrupps. Die Chancen für euch, etwas Lebenswichtiges zu treffen, sind gering. Eure Schiffe können nicht nah genug heran, aber unsere Photonwaffen am Boden kennen keine Begrenzung an Größe und Masse; wir können die Generatoren mit ganzen Flüssen kühlen. Und jetzt erklären Sie mir, warum in Dreiteufelsnamen wir uns ergeben sollten.«

Cajal sank zurück.

»Kann nicht schaden, wenn wir erfahren, was für Bedingungen Sie anbieten wollten«, meinte Liaw tonlos.

»Ehrenhafte natürlich«, sagte Cajal nach einer Pause. »Ihre Schiffe müssen konfisziert werden, aber wir verwenden sie nicht gegen Ythri, und die Besatzungen können heimkehren, die Offiziere ihre Handfeuerwaffen behalten. Gleiches gilt für Ihre Verteidigungsanlagen. Sie müssen die Besetzung hinnehmen und mit der Militärregierung zusammenarbeiten, aber man wird sich alle Mühe geben, Ihre Gesetze und Gebräuche zu achten, der einzelne kann sich jederzeit beschweren, und terranische Übertretungen werden ebenso streng bestraft wie avalonische. Wenn sich die Bevölkerung angemessen verhält, bezweifle ich sogar, daß ein großer Prozentsatz je einen Soldaten des Imperiums zu Gesicht bekommt.«

»Und nach dem Krieg?«

»Nun, das hat die Krone zu entscheiden, aber ich nehme an, daß Sie einem umorganisierten Sektor Pacis angehören werden, und es dürfte Ihnen bekannt sein, daß Gouverneur Saracoglu tüchtig und human ist. Soweit möglich, gestattet das Imperium die Selbstverwaltung.«

»Gestattet. Genau. Aber lassen wir das. Unterstellen wir ein gewisses Maß an Demokratie. Könnten wir verhindern, daß Einwanderer hereinfluten, bis sie uns überstimmen würden?«

»Hm – nun, nein. Den Bürgern steht Freizügigkeit zu. Das ist ein Grundrecht des Imperiums. Verdammt, Sie können nicht selbstsüchtig den Fortschritt blockieren, nur weil Sie die Anarchie vorziehen.«

»Es gibt nichts mehr zu besprechen. Guten Tag, Admiral.«

»Nein, warten Sie! Warten Sie! Sie können nicht – Ihr ganzes Volk auf eigene Faust zum Krieg verurteilen.«

»Wenn die Khruaths und das Parlament ihre Meinung ändern, bekommen Sie Bescheid.«

»Aber hören Sie doch – Sie lassen sie umsonst sterben«, sagte Cajal verzweifelt. »Die Grenze wird auf jeden Fall begradigt. Sie und die ganze Domäne Ythri können daran nichts ändern. Sie können die ganze mörderische Farce nur verlängern. Und Sie werden mit schlimmeren Friedensbedingungen bestraft, als Sie sie hätten haben können. Hören Sie, das ist nicht einseitig. Sie treten dem Imperium bei. Sie bekommen Handel, Kontakte, Schutz. Ganz Avalon könnte eines Tages Teil von Groß-Terra werden. Seien Sie doch realistisch, ich bitte Sie!«

»Das sind wir«, sagte Liaw.

Holm schnitt eine Grimasse. Die beiden Bildschirme erloschen.

Cajal starrte minutenlang vor sich hin. Sie können es nicht ernst gemeint haben. Ausgeschlossen. Aber ...

Er entschied sich. Auf jeden Fall galt es zu verhindern, daß die beträchtlichen Ressourcen Avalons Ythri zugute kamen. Eine Belagerung würde mehr Truppen und Schiffe erfordern als eine Besetzung, aber das konnte er sich leisten. Er wußte, daß die anderen Planeten keinen Daniel Holm besaßen, der seit Jahren dafür gesorgt hätte, sich gegen diesen Sturm zu wappnen. Er wußte, daß die anderen ythrischen Kolonialflotten klein und ungefährlich waren, die Welten unbewaffnet.

Quetlan, die Muttersonne, war eine andere Sache. Aber wenn er spektakulär durch den Weltraum vorstieß, würden die Gegner wohl zur Vernunft kommen.

Ferune verließ vor Sonnenaufgang Mistwood für immer.

Seine Söhne trugen den Toten auf einer Bahre. Die Uhoths flatterten unruhig über ihm, bestürzt von seiner Regungslosigkeit. Seine Witwe flog voran, gefolgt von seinen Töchtern, ihren Männern und erwachsenen Kindern, mit lodernden Fackeln.

Der Zug erhob sich über den Nebel. Über dem Meer schimmerten die letzten Sterne in königlichem Purpur.

Daniel Holm und seine Familie folgten, eingemummt und mit Atemmasken, denn so hoch oben war die Luft dünn und eisig. Sie erreichten die Wildnis, ein Land von schroffen Felsen und schnellströmenden Flüssen. Hier schwebten die Söhne Ferunes, umgeben vom Choth. Und die Sonne stieg über die Berge.

Das neue Oberhaupt von Mistwood kam zu Ferune. Noch einmal stieß er ins Horn, und dreimal rief er den Namen des Toten. Wharr schwebte vorbei, zum Abschiedskuß. Dann sprach das neue Oberhaupt die Worte des Neuen Glaubens, der zweitausend Jahre alt war.

»Hoch flog dein Geist auf vielen Winden, doch zuletzt stieß Gott der Jäger auf dich herab. Du bist ihm stolz begegnet, du hast gekämpft, von dir hat Er Ehre. Geh hin, sei Wasser und Laub, erheb dich im Wind, und stets sei deiner gedacht.«

Seine Söhne kippten die Bahre. Der Tote stürzte, und nach ihm die Fackeln.

Wharr flog davon zum Himmelstanz. Hunderte folgten ihr.

»Und dieser Terraner dachte, wir würden kapitulieren«, sagte Daniel Holm zwischen Leere und Unendlichkeit zu seinem Sohn.

11

Auf der Ersten Insel im Hesperiden-Meer versammelten sich Liaw von The Tarns und seine Kollegen, hinter sich das Haus David Falkayns, vor sich Strand und Brandung. Im Haus war ein Stab mit Computern an der Arbeit gewesen. Zwei Millionen Avalonier nahmen an der entscheidenden Versammlung durch ihre Vertreter teil, die Fragen zu stellen und Antworten zu geben hatten.

Arinnian wußte, daß er gehört werden würde. Er saß neben Eyath vor einem großen Bildschirm. Sie waren allein auf der vordersten Bank. Hinter ihnen erhoben sich die Sitzreihen. Auf dem Bildschirm gaben die einzelnen Berichterstatter ihre Meldungen ab.

»Findet denn das kein Ende?« zischte Eyath.

»Sie brauchen die Wahrheit, bevor sie entscheiden können«, sagte er leise und spürte die mißbilligenden Blicke auf seinem Rücken.

»Was gibt es zu entscheiden – wenn Vodan im Weltraum ist?«

»Du hilfst ihm am besten durch Geduld.«

Wenigstens wußte man, daß Vodan zu denen gehörte, die davongekommen waren.

»– Leiter der Heimwehr von West-Corona.«

Er stand hastig auf.

»Äh, Arinnian von Stormgate. Wir sind in guter Verfassung, brauchen aber mehr Leute. Ich möchte nebenbei daran erinnern, daß der Heimwehrdienst nicht den ganzen Mann beansprucht. Man kann also auch noch seiner Arbeit nachgehen. Im Namen meines Vaters, des Ersten Marchwardener, möchte ich noch darauf hinweisen, daß eine beträchtliche Lücke in der Abwehr besteht, nämlich in Äquatoria. Da gibt es nur ein paar Projektoren- und Raketenstellungen. Der Kontinent ist unbewohnt, gewiß, aber das wissen die Terraner, und wenn sie an eine Invasion denken, wird ihnen die Erhaltung der ursprünglichen Ökologie egal sein. Ich erwarte dazu Vorschläge und werde sie weitergeben.« Seine Zunge war trocken. »Ende.«

Er setzte sich. Eyath griff nach seiner Hand. Zum Glück stellte ihm niemand Fragen. Zwei Millionen Zuschauer, das war ihm doch ein bißchen zuviel.

Die Reden schienen kein Ende zu nehmen. Als dann aber am Schluß abgestimmt wurde, als Liaw sachlich mitteilte, der Computer bestätige dreiundachtzig Prozent Zustimmung zu weiterem Widerstand, waren kaum sechs Stunden vergangen. Die Menschen hätten so etwas nicht gekonnt.

»Na«, sagte Arinnian in das Rauschen der Flügel hinein, »keine Überraschungen.«

»Komm«, sagte Eyath ungeduldig. »Nimm deinen Gürtel. Ich muß mich vor dem Essen bewegen.«

Der Regen peitschte durch die Dämmerung. Als sie über die Wolken stiegen, wandten sie sich nach Osten, fort von ihren Chothgenossen, die ebenfalls ihre Muskeln gebrauchen wollten. Schneegipfel und Gletscher ragten aus dem Weiß ins Blauschwarze, wo die frühen Sterne leuchteten.

»Ich möchte zur Heimwehr«, sagte Eyath nach einer Weile.

»Hm? Ah. Willkommen.«

»Aber nicht zur Flugpatrouille. Schau, da geht Camelot auf. Vodan sitzt vielleicht in einem toten Mond davon und wartet und wartet.«

»Was würdest du vorziehen?« fragte er.

Ihre Flügel schwankten nicht, aber ihre Stimme.

»Du mußt doch mit Arbeit überflutet sein. Dein Stab ist bestimmt zu klein. Kann ich dir nicht helfen?«

»M-m – tja –«

»Deine Gehilfin, vielleicht deine Sekretärin? Ich kann

einen Hypnokurs belegen und in ein paar Tagen anfangen.«

»Nein, das ist eine große Strapaze.«

»Ich überlebe sie. Versuch es. Wirf mich hinaus, wenn ich es nicht schaffe. Wir bleiben trotzdem Freunde. Ich glaube aber, daß ich es kann. Vielleicht besser als jemand, der dich nicht so lange kennt. Ich muß einfach bei dir sein, bis diese Zeit vorüber ist.«

Er griff nach ihrer ausgestreckten Hand.

»Nun gut.«

»Ja, morgen lasse ich abstimmen«, sagte Matthew Vikkery.

»Welches Ergebnis erwarten Sie?« fragte Daniel Holm.

Der Präsident seufzte.

»Was meinen Sie? Die Mehrheit wie beim Khruath wird es sicher nicht geben, aber – ja, Sie bekommen, was Sie wollen. Ihre Sondervollmachten. Ich fürchte nur die Fanatiker. Manchmal kommt es mir irrsinnig vor.«

»Ist es Irrsinn, seine Heimat zu verteidigen?«

Vickery biß sich auf die Unterlippe.

»Ja, wenn nichts zu gewinnen ist.«

»Ich würde sagen, wir haben allerhand gewonnen. Wir haben die terranische Armada angeschlagen. Ein noch größerer Teil ist hier gebunden.«

»Glauben Sie im Ernst, daß die Domäne das Imperium besiegen kann? Holm, das Imperium kann sich einen Kompromiß einfach nicht leisten. Überlegen Sie: die einzige Macht, die unter Tausenden höchst unterschiedlicher Rassen Frieden bewahren kann; der einzige Wächter der Grenzen gegen die barbarischen und die zivilisiert-räuberischen Fremdwesen mit Nuklearwaffen. Das Imperium muß mehr sein als allmächtig. Es muß sich die Glaubwürdigkeit erhalten, den universellen Glauben, daß es unbesiegbar ist, sonst kocht der Topf über.«

»Es tut mir weh für das Imperium«, sagte Holm, »aber Ihre Majestät muß seine Probleme auf Kosten anderer Leute lösen. Von uns hat er nichts zu erwarten. Außerdem wird Ihnen aufgefallen sein, daß die Terraner sich nicht mehr auf Avalon gestürzt haben.«

»Das hatten sie nicht nötig«, erwiderte Vickery. »Wenn es erforderlich wird, kommen sie in der Übermacht. Inzwischen sind wir blockiert.« Er atmete tief ein. »Ich gebe zu, Ihr Plan ist aufgegangen – aber wir können nun nur noch verhandeln. Wir können ausgezeichnete Bedingungen herausholen, und ich kenne Saracoglu, ich weiß, daß er einhält, was er verspricht. Was ist eigentlich so schrecklich daran, ins Imperium eingegliedert zu werden?«

»Nun, als erstes würden wir schon unseren Eid auf Ythri brechen. Tut mir leid. Die Ehre erlaubt es nicht.«

»Sie reden altmodisches Zeug, aber ich sage Ihnen, daß der Wind der Veränderung weht.«

»Das ist auch ein alter Satz«, meinte Holm. »Ferune wußte noch so einen Ausdruck. Wie war das gleich? – ›ihre größte Stunde –‹«

Tabitha Falkayn stieß sich vom Dock ab und zog zwei Leinen ein. Die Segel blähten sich. Das leichte offene Boot schoß durch die Brandung hinaus aufs Meer.

»Wir steigen ja!« rief Philippe Rochefort.

»Natürlich«, sagte Tabitha. »Das ist ein Tragflächenboot. Achtung!« Die Rah drehte sich, das Boot legte sich auf die andere Seite.

»Kein Kiel?«

Tabitha deutete auf die seltsam gewölbten Rumpfwände.

»Die Konstruktion ist ythrisch. Sie wissen mehr vom Wind als die Menschen.«

Rochefort bewunderte die Aussicht. Die Wellen marschierten zum Horizont, blau, durchzogen von Violett und Grün. Die smaragdgrünen Höhen von St. Li schrumpften hinter ihnen mit erstaunlicher Geschwindigkeit.

Er mußte einräumen, daß das Beste dieses hochgewachsene braune Mädchen war, das am Ruder stand, die Pfeife zwischen den Zähnen, ein falkenartiges Tier auf der Schulter. Sie trug nichts als einen Kilt, den der Wind an ihren Körper preßte, und natürlich Messer und Strahlenpistole.

»Wie weit, sagten Sie?« fragte er.

»Ungefähr fünfunddreißig Kilometer. Zwei Stunden etwa. Wir brauchen nicht vor Sonnenuntergang zurückzufahren, das Sternenlicht reicht aus. Sie können sich also umsehen.«

»Sie sind zu gütig, Donna«, sagte er förmlich.

Sie lachte.

»Nein, ich freue mich über eine Ausrede, hinausfahren zu können. Mich interessiert vor allem dieser Atlantis-Tang. Ganze Ökologien, oft größer als die durchschnittliche Insel hier. Und der Fischspäher sagte, daß er einen Kraken gesehen hätte. Hoffentlich finden wir ihn. Man sieht sie selten. Sie sind friedlich, aber wir wagen uns trotzdem an etwas derart Großes nicht heran.«

»Ich meinte mehr als diesen Ausflug«, sagte Rochefort. »Sie behandeln mich, einen Kriegsgefangenen, als Ihren persönlichen Gast.«

»Warum nicht?« meinte Tabitha achselzuckend. »Wir sperren die wenigen Leute, die wir gefangen haben, nicht ein. Sie können nicht fort. Außerdem möchte ich Sie kennenlernen.«

Er fragte sich, während sein Herz einen Sprung machte, wie gut wohl.

»Ich hoffe, daß ich wiedergutmachen kann – was geschehen ist«, fuhr sie fort. »Sie müssen begreifen, daß Draun Ihren Freund nicht aus Mordlust umgebracht hat. Er ist, nun ja, vorschnell, eine Pistole war gezogen, und wir haben ja nun Krieg.«

Er zwang sich ein Lächeln ab.

»Er wird nicht ewig dauern, Donna.«

»Tabitha, Philippe, oder Hrill, wenn ich Planha spreche. Das können Sie natürlich nicht ... Sie haben recht. Wenn Sie heimkehren, sollen Sie begriffen haben, daß die Ythrier keine Ungeheuer sind.«

»Ythrier? Sie?« Er zog die Brauen hoch.

»Was sonst? Avalon gehört zur Domäne.«

»Nicht mehr lange«, sagte Rochefort und fügte hastig hinzu: »Bis zu diesem Tag will ich tun, was ich kann, um Ihnen zu beweisen, daß auch wir Terraner keine Ungeheuer sind.«

Er konnte nicht verstehen, warum sie so übermütig zu grinsen vermochte.

»Wenn es Ihnen Spaß macht, das zu glauben, bitte. Hier gibt es allerdings wenig Möglichkeiten, sich zu amüsieren. Schwimmen, Fischen, Segeln, Wandern ... und, ja, Lesen. Ich schwärme für Kriminalromane und habe einen großen Stapel davon, manche unmittelbar von Terra. Aber das ist auch schon alles. Ich bin der einzige Mensch, der ständig auf St. Li lebt. Meine Arbeit und meine Pflichten in der Heimwehr werden dafür sorgen, daß ich oft fort bin.«

»Ich komme zurecht«, sagte er.

»Wenn Ihnen langweilig wird, können Sie nach Gray oder Centauri umziehen«, meinte sie.

»Damit rechne ich nicht«, sagte er und fügte leise hinzu: »Tabitha.« Er schüttelte den Kopf. »Nein, ich fühle mich schuldig, weil ich nicht mehr trauere, weil ich mir bewußt bin, welches Glück ich gehabt habe.«

»Allerdings«, sagte sie. »Das war eine unverwandelte Insel, mein Freund, pures Alt-Avalon, mit recht üblen Gattungen.«

»Muß man als Bewaffneter hier irgendein Tier fürchten?«

»Na ja, einen Spathodonten kann man totschießen, bei den Reptiloiden ist es nicht so einfach. Gegen Lykosaurier würde ich Ihnen keine Chancen einräumen, und wenn ein Kakerlakenschwarm an Ihren Beinen hinaufrennt –« Sie schnitt eine Grimasse. »Oder denken Sie an einen Chirurgenbaum. Und an die Höllensträucher.«

»Na!« sagte er. »Was für ein Romantiker hat dem Planeten denn seinen Namen gegeben?«

»David Falkayns Enkeltochter«, sagte sie. »Und sie hatten beide recht. Es ging eher darum, dem Leben hier seine Chance zu lassen. Den Kentauren etwa, derentwegen man Äquatoria sich selbst überließ. Sie gebrauchen nämlich Knochen und Steinsplitter als Werkzeuge und könnten Intelligenz entwickeln, wenn man sie eine Million Jahre oder so in Ruhe läßt. Übrigens bestanden die Ythri auf dem Schutz für sie, die Jäger-Ythri, nicht die menschlichen Pioniere.« Sie holte weit aus. »Sehen Sie sich um«, sagte sie. »Das ist unsere Welt. Sie wird es bleiben.«

Nein, dachte er bedrückt, da irrst du dich, Tabitha-Hrill. Mein Admiral wird deine Ythrier behämmern, bis ihnen nichts anderes übrigbleibt, als sich meinem Kaiser zu ergeben.

12

Woche für feuerflammende Woche rückte die terranische Armada vor.

Cajal begriff, daß der Feldzug trotz des unerfreulichen Beginns zu einem klassischen Beispiel werden würde. Seine Entscheidung zu Avalon war typisch dafür. Jeder Narr mit seiner Macht hätte sich durchsetzen können. Keine andere Kolonie besaß, wie vorhergesagt, eine Bewaffnung, die sich mit der von Laura vergleichen ließ. Was vorhanden war, wurde geschickt benützt, aber gewinnen konnte man damit nicht.

Jeder Schlächter hätte also Leben und Schiffe geopfert und seine Gegner binnen Monaten vernichtet. Damit rechnete der Feind auch. Cajal hielt es aber für seine Pflicht, anders vorzugehen.

Khrau und Hru fielen wenige Tage, nachdem die Terraner ihre Umlaufbahnen erreicht hatten. Cajal ließ einige Schiffe in beiden Systemen zurück, dazu Besatzungstruppen auf den bewohnbaren Welten.

Marchwardener Rusa versuchte Khrau zurückzuerobern. Die Terraner sandten Hilferufe aus und verschanzten sich. Ein Teil der Hauptflotte kam zurück und vernichtete Rusas Streitkräfte.

Auf Hru III erhoben sich die Choths. Sie massakrierten Teile der Garnison. Dann schlugen die Raketen aus dem Weltraum ein. Die Oberhäupter wurden zusammengetrieben und erschossen. Man wahrte ihre Würde.

Inzwischen rückten die Invasoren auf Quetlan vor. Aus der Flotte griffen Fühler hinaus und nahmen im Vorbeigehen System nach System. Die meisten besetzte Cajal nicht einmal. Es genügte ihm, die Flotten zu zerstören und weiterzuziehen. Nach sechs Wochen war die Sonne von Ythri umgeben von verlorenen Stellungen.

Die Armada befand sich tief in der Domäne, über fünfzig Lichtjahre vom nächsten Stützpunkt des Imperiums entfernt. Die Ornithoiden würden nie eine bessere Gelegenheit bekommen können, sie abzuschneiden. Cajal gab ihnen jede Chance, und sie ergriffen sie.

Die Schlacht um die Sterngruppe Yarro dauerte acht Standardtage, von der ersten Gefechtsberührung bis zur Flucht der letzten einsamen Ythri-Überlebenden. Cajal machte sich vor allem zwei Dinge zunutze: einmal die Überraschung, und dann die Organisation. Er konnte mit seiner Flotte spielen wie auf einem Instrument. Und drittens besaß er noch einen Vorteil, Genie. Als ihm dieser Gedanke unterlief, erlegte er sich eine Buße auf.

Die Reste der Domänen-Streitmacht taumelten zurück nach der Muttersonne. Cajal folgte gemächlich.

Ythri war etwas kleiner als Avalon, etwas trockener, die Wolkendecke dünner, deshalb konnte man die Landmassen vom Weltraum aus deutlicher erkennen, gelb- und rostbraun im Licht einer Sonne, die kühler und gelber war als Laura. Cajal ließ diesen Bildschirm eingeschaltet und blickte von Zeit zu Zeit auf das schöne Bild.

»Sie sind kühn, unsere Heimat zu betreten«, sagte das Hohe Oberhaupt Trauvay. Sein Inglisch war fließend, und er gebrauchte einen Sprechumwandler.

Cajal sah in die gelben Augen und antwortete: »Sie haben Verhandlungen zugestimmt. Ich vertraue Ihrer Ehre. Den Krieg bedaure ich. Ich möchte Ihre Welt nicht zerstören.«

»Das wäre vielleicht auch nicht so einfach, Admiral«, sagte Trauvay langsam. »Wir können uns verteidigen.«

»Ich weiß. Darf ich offen sprechen?«

»Ja, zumal es sich hier um kein bindendes Gespräch handelt.«

Nein, aber eine halbe Million Ythrier hört mit, dachte Cajal. Anders wäre es mir lieber. Es kommt mir vor, als könnte ich sie fühlen.

»Ich danke Ihnen«, sagte Cajal. »Bitte, glauben Sie uns, daß wir nicht weiter angreifen, wenn wir nicht dazu gezwungen werden. Im Augenblick haben wir keine Veranlassung dazu. Unsere Ziele sind erreicht. Wir können unsere berechtigten Ansprüche entlang der Grenze durchsetzen. Jeder Widerstand kann nur sporadisch sein, und, wenn Sie gestatten, zwecklos. Eine vergleichsweise kleine Streitmacht kann Quetlan blockieren. Bitte, überlegen Sie, wie lange die Domäne als politische Einheit unter solchen Bedingungen existieren kann.

Bedenken Sie auch, daß Ihr Widerstand dem Imperium ständig Kosten und Ärger verursacht. Früher oder später wird es sich entschließen, das Ärgernis zu beseitigen. Ich sage nicht, daß das gerecht ist, ich sage nur, daß es so ist. Ich persönlich würde einem Feuerbefehl widersprechen. Wäre er zu drakonisch, würde ich zurücktreten. Aber Ihre Majestät hat viele Admirale.«

Es blieb lange Zeit still, dann sagte Trauvay: »Verlangen Sie unsere Kapitulation?«

»Einen Waffenstillstand«, sagte Cajal.

»Zu welchen Bedingungen?«

»Wechselseitige Feuereinstellung. Die gefangenen Schiffe und andere militärische Einrichtungen bleiben im Besitz von Terra, aber die Gefangenen werden ausgetauscht. Wir besetzen weiterhin die Systeme, in die wir eingedrungen sind, und darüber hinaus jene Welten, die vom Imperium noch beansprucht werden. Die Behörden und Bevölkerungen unterstellen sich den dort eingesetzten Offizieren. Wir achten Gesetz und Brauch, freie Rede, wir leisten wirtschaftliche Unterstützung, der Handel kann wieder aufgenommen werden, jeder darf seinen Besitz verkaufen und weggehen. Bestimmte Einheiten der Flotte bleiben in der Nähe von Quetlan und beaufsichtigen das System, aber sie landen nicht, wenn sie nicht dazu aufgefordert werden.«

Das Gefieder kräuselte sich. Cajal hätte gerne gewußt, was damit ausgedrückt wurde.

»Sie verlangen die Kapitulation«, sagte Trauvay.

Cajal schüttelte den Kopf.

»Nein, Sir, und das würde auch meinen Anweisungen widersprechen. Die späteren Friedensbedingungen sind Sache der Diplomatie.«

»Welche Hoffnung haben wir, wenn die Niederlage vorher zugegeben wird?«

»Eine große.« Cajal atmete tief ein. »Ich schlage mit allem Respekt vor, daß Sie Ihre Fachleute für menschliche Sozidynamik befragen. Um es grob auszudrücken, Sie können zweierlei Einfluß ausüben, einen negativen oder einen positiven. Der negative ist die Möglichkeit, den Kampf wiederaufzunehmen. Ihre Industrie ist intakt, Sie haben brauchbare Schiffe, Ihr Heimatstern ist mit einer starken Abwehr versehen.

Ich versichere Ihnen ernsthaft, daß das Imperium Sie nicht überrennen will. Warum auch? Schlimmer als die Kosten und Gefahren wäre der Verlust einer Hochzivilisation. Wir wünschen, wir brauchen Ihre Freundschaft. Der Krieg ist im Grunde geführt worden, um gewisse Reibungsflächen zu beseitigen. Arbeiten wir gemeinsam weiter.

Gewiß, ich kann die Form des späteren Friedensvertrages nicht voraussagen. Ich mache Sie aber auf zahlreiche öffentliche Bekundungen des Imperiums aufmerksam. Sie drücken alles aus. Und sie sind ernst gemeint, denn es liegt im Interesse des Imperiums selbst, daß sein Wort glaubwürdig bleibt.

Die Domäne muß gewisse Territorien aufgeben, aber man kann sich auf Entschädigungen einigen. Und schließlich wartet überall, wo Ihre Grenzen nicht an die unsrigen stoßen, ein ganzes Universum auf Sie.«

Trauvay blieb minutenlang regungslos, dann sagte er: »Wir werden uns damit befassen. Bitte, bleiben Sie in der Nähe!«

Irgendwo im Raumschiff sprang ein Xenologe, dessen Lebensarbeit dem Studium der Ythrier galt, hoch und schrie lachend und weinend: »Der Krieg ist aus! Der Krieg ist aus!«

In Fleurville läuteten die Glocken. Raketen fegten in den Himmel und barsten leuchtend vor den Sommersternen. Auf den Straßen jubelten die Menschen, betrunken vom Glück; man blies in Hörner, man schrie, und jede Frau wurde von hundert Männern abgeküßt. Bei Tageslicht paradierten die Soldaten des Imperiums, Geschwader von Flugzeugen oder kleine Raumfahrzeuge fegten tief über die Städte. Aber in der Hauptstadt von Esperance kam die Freude in der Nacht.

Hoch auf einem Hügel, im Gouverneurspalast, blickte Saracoglu auf die Galaxis der Stadt hinaus. Das pazifistische Erbgut spielte eine Rolle; nun brauchte man die Brüder in der Uniform des Kaisers nicht mehr zu hassen.

»Friede«, sagte Luisa. »Ich kann es noch gar nicht glauben.«

Saracoglu sah Luisa an. Er tätschelte ihre Hand.

»Sie fürchten, daß der Kampf wieder aufflammen könnte? Nein, ausgeschlossen. Die Ythrier sind nicht wahnsinnig. Sie haben sich die Niederlage eingestanden. Ihr Vater muß bald nach Hause kommen. Seine Arbeit ist getan.« Er seufzte. »Die meine wird schwerer werden.«

»Wegen der Verhandlungen?« fragte sie.

»Ja.«

»Sie werden ein wichtiger Mann sein, nicht wahr, Euer Exzellenz?« sagte sie kühl.

»Hm, ja. Ich bin ehrlich zu Ihnen, Donna.«

»Der Sektor wird größer. Sie werden vermutlich einen höheren Adelstitel bekommen. Vielleicht gehen Sie heim und werden Lord-Berater.«

»Man darf Tagträumen nachhängen.«

»Sie haben diesen Krieg gefördert, Gouverneur.«

Saracoglu fuhr mit der Hand über seine Glatze.

»Ich habe empfohlen, eine schlechte Situation zu ändern, bevor sie sich verschlimmerte«, erwiderte er. »Die Ythrier sind keine Heiligen und Märtyrer. Sie haben ihre Interessen genauso unbarmherzig vertreten wie wir. Menschen sind umgekommen. Donna, mein Eid verpflichtet mich Terra.«

»Trotzdem müssen Sie gewußt haben, wie sich das auf Ihre Laufbahn auswirken würde.«

Er nickte.

»Gewiß. Glauben Sie mir, daß das für mich nichts vereinfacht, sondern alles nur noch kompliziert hat? Ich *glaubte*, daß diese Grenzbegradigung das beste wäre. Und ich glaube auch, daß ich Besseres leisten kann, zuerst im Wiederaufbau hier, bei der Versöhnung mit Ythri, später, wenn ich Glück habe, im Politischen Ausschuß, wo ich eine Anzahl von Reformen vorantreiben kann. Soll ich die Arbeit niederlegen, um mein Gewissen zu beschwichtigen?« Saracoglu zog eine Zigarre aus der Tasche. »Vielleicht muß man mit Ja darauf antworten«, sagte er. »Wie kann ein Sterblicher Gewißheit haben?«

Luisa trat auf ihn zu. Sein Herz pochte.

»Oh, Ekrem –« Sie brach ab. »Verzeihung, Exzellenz.«

»Nein, ich bin geehrt, Donna.«

Sie lud ihn nicht ein, sie beim Vornamen zu nennen,

sagte aber unter Tränen: »Ich bitte auch um Verzeihung für das, was ich gedacht habe. Ich wäre heute abend nie gekommen, wenn ich Sie nicht als – anständigen Menschen kennengelernt hätte.«

»Ich hatte kaum zu hoffen gewagt, daß Sie zustimmen würden«, erwiderte er. »Sie könnten mit Leuten Ihres Alters feiern.«

Sie schüttelte den Kopf, daß die Brillanten funkelten.

»Nein, nicht in diesem Augenblick. Haben Sie gehört, daß ich einmal verlobt war? Er wurde vor zwei Jahren im Kampf getötet. Präventionsmaßnahmen nannte man das damals –« Sie atmete tief ein. »Heute abend finde ich keine Worte, um Gott zu danken. Der Friede ist ein zu großes Geschenk dafür.«

»Sie sind die Tochter des Admirals«, sagte er. »Sie wissen, daß der Friede nie ein reines Geschenk ist.«

»Kommen Kriege unverdient?«

Saracoglu drehte sich um, als er ein Hüsteln hörte. Er hatte seinen Butler erwartet, und der Anblick der Marineuniform störte ihn.

»Ja?« fauchte er.

»Wenn ich stören darf, Sir«, sagte der Offizier nervös.

»Bitte, entschuldigen Sie mich, Donna.« Saracoglu beugte sich über Luisas Hand und folgte dem Mann in die Halle.

»Nun?«

»Kurier von unseren Streitkräften bei Laura, Sir.« Der Offizier zitterte und war blaß. »Sie wissen, der Grenzplan Avalon.«

»Ich weiß.« Saracoglu hob den Kopf.

»Nun, Sir, sie sind vom Waffenstillstand unterrichtet worden. Aber sie lehnen ihn ab. Sie bestehen darauf, weiterzukämpfen.«

13

Das knochige, bärtige Gesicht auf dem Bildschirm sagte beinahe verzweifelt: »Sirs, Sie – verhalten sich alle, als wären Sie wahnsinnig.«

»Wir haben Gesellschaft«, erwiderte Daniel Holm.

»Wollen Sie sich also von der Domäne lossagen?« rief Admiral Cajal.

»Nein. Wir wollen eben gerade bei ihr bleiben. Wir fühlen uns wohl dort. Bürokraten des Imperiums brauchen sich nicht zu bewerben.«

»Aber der Waffenstillstand –«

»Gewiß, den können wir beibehalten. Avalon will keinem etwas antun.«

»Sie können sich bei den Klauseln nicht aussuchen, was Ihnen paßt«, ereiferte sich der Admiral. »Ihre Regierung hat erklärt, daß das Imperium dieses System bis zur Friedensregelung besetzen kann.«

Liaw hob den Kopf.

»Wir sind nicht auf Terra«, sagte er. »Die Welten der Domäne sind in erster Linie durch Erklärungen wechselseitiger Treue miteinander verbunden. Daß unsere Genossen uns nicht mehr helfen können, gibt ihnen nicht das Recht, uns zu befehlen, daß wir aufhören sollen, uns zu verteidigen. Unser Stolz verlangt, daß wir den Kampf fortsetzen und ihnen damit vielleicht helfen.«

Cajal hob seine Faust.

»Sirs«, sagte er scharf, »Sie scheinen zu glauben, daß das die Zeichen der Wirren sind und Sie Barbaren gegenüberstehen, die sich zurückziehen, wenn sie auf erbitterten Widerstand stoßen. Sie haben aber das Imperium Terra gegen sich, das in Jahrhunderten denkt und über Tausende von Planeten herrscht. Nicht, daß wir auch nur einen Bruchteil solcher Zeiträume und Macht aufwenden müßten. Praktisch die ganze Streitmacht, mit der die Domäne besiegt wurde, kann jetzt gegen Ihren Planeten eingesetzt werden. Und das wird der Fall sein, Sirs, wenn Sie uns dazu zwingen.« Er funkelte sie an. »Sie haben eine starke Abwehr«, fuhr er fort, »aber mit weiterem Widerstand erreichen Sie nichts als die Vernichtung Ihrer Heimat und den Tod von Tausenden oder Millionen. Sind *sie* gefragt worden?«

»Ja«, sagte Liaw. »Eine Mehrheit ist dafür, auszuhalten.«

»Wie groß ist die Mehrheit diesmal?« sagte Cajal. Er sah Federn sich sträuben und Gesichtsmuskeln zucken und nickte. »Ich führe ungern Krieg gegen möglicherweise wertvolle Untertanen Seiner Majestät«, sagte er, »vor allem gegen Frauen und Kinder.«

Holm schluckte.

»Äh, Admiral. Wie wäre es mit der Evakuierung all derer, die nicht bleiben sollten oder wollen, bevor der Kampf weitergeführt wird?«

Cajal saß regungslos. Sein Gesicht wurde starr.

»Nein«, sagte er schließlich gepreßt. »Ich darf einem Gegner nicht helfen, sich seiner Beeinträchtigungen zu entledigen.«

»Müssen Sie Krieg führen?« fragte Liaw. »Kann der Waffenstillstand nicht fortgesetzt werden, bis ein Friedensvertrag unterzeichnet ist?«

»Werden Sie gehorchen, wenn der Vertrag Avalon dem Imperium einverleibt?« gab Cajal zurück.

»Vielleicht.«

»Unannehmbar. Am besten wird die Sache gleich beendet.« Cajal zögerte. »Es wird natürlich Zeit kosten, überall sonst alles in Ordnung zu bringen und die Armada hier zu versammeln. Der de jure-Waffenstillstand endet, sobald mein Schiff in die vereinbarte Distanz zurückgekehrt ist. Der Krieg wird aber im Status quo bleiben, einschließlich des De-facto-Stillstands der Waffen gegenüber Avalon und Morgana, jedenfalls für kurze Zeit. Ich konferiere mit Gouverneur Saracoglu. Ich bitte Sie und alle Avalonier dringend, sich ebenfalls zu besprechen und diese Pause zu nutzen, um zu der einzigen weisen Entscheidung zu gelangen. Wenn Sie uns etwas zu sagen haben, brauchen Sie sich nur zu melden. Je früher wir etwas hören, desto milder, desto ehrenhafter wird die Behandlung sein, die Sie zu erwarten haben.«

»Zur Kenntnis genommen«, sagte Liaw. Man verabschiedete sich höflich, und der Bildschirm, auf dem Cajal zu sehen gewesen war, erlosch.

Holm und Liaw wechselten einen Blick. Arinnian, der in einer Ecke saß, bewegte sich unruhig.

»Er meint es ernst«, sagte Holm.

»Wie zutreffend ist seine Einschätzung des Kräfteverhältnisses?« fragte Liaw vom Bildschirm.

»Ziemlich exakt. Wir könnten ein rückhaltloses Unternehmen, uns in die Knie zu zwingen, nicht abblocken. Es hängt von dem Zögern des Imperiums ab, wertvollen Besitz zu vernichten – ja, und von dem Widerwillen dieses Mannes gegen den Megatod.«

»Sie haben vorher von einem Plan gesprochen.«

»Mein Sohn und ich arbeiten daran. Wenn er etwas verspricht, melden wir uns. Inzwischen werden Sie so viel zu tun haben wie ich. Guter Wind, Liaw.«

»Fliegen Sie hoch, Daniel Holm.« Und auch dieser Schirm wurde dunkel.

Der Marchwardener zündete sich eine Zigarre an und starrte vor sich hin, dann stand er auf und trat ans Fenster. Es war ein klarer Wintertag.

Arinnian trat zu ihm, mußte aber die Lippen befeuchten, bevor er sprechen konnte.

»Vater, haben wir eine Chance?«

»Tja, wir haben keine Wahl«, sagte Holm.

»Doch. Wir können unseren verdammten Stolz hinunterschlucken und den Leuten sagen, daß der Krieg verloren ist.«

»Sie würden uns ablösen, Chris, das weißt du. Ythri konnte kapitulieren, weil Ythri nicht weggegeben wird. Die anderen Kolonien können die Besetzung hinnehmen, weil allen klar ist, daß sie überhaupt nichts auszurichten vermögen. Bei uns ist das in beiden Fällen anders. Du hast doch keine Angst, oder?«

»Nicht um mich selbst, hoffe ich. Um Avalon – Das ganze Gerede von Freiheit, das man so hört. Wie frei sind Leichen in einer verkohlten Wüste?«

»Wir richten uns nicht auf die Vernichtung ein«, sagte Holm. »Wir richten uns darauf ein, die Vernichtung zu riskieren, und das ist ein großer Unterschied. Der Gedanke ist der, aus uns eine zu kostspielige Erwerbung zu machen.«

»Wenn Avalon ans Imperium fällt und uns die Bedingungen nicht passen, könnten wir in die Domäne auswandern.«

»Wo würden wir einen Ersatz dafür finden?« sagte der Marchwardener und zeichnete mit dem Finger einen Bogen auf die Fensterscheibe. »Und was bliebe von der besonderen Gesellschaft, die wir, unsere Vorfahren und wir, aufgebaut haben?« Er sog an seiner Zigarre. »Ich habe mal ein Buch über die Geschichte der Kolonisierung gelesen. Da stand, man müsse den Großteil der Oberfläche unter der Pflanzendecke lassen, unter der Wurzelvegetation, dem Phytoplankton und allem, was es sonst gibt. Man braucht es, um die Atmosphäre zu erhalten. Und diese Pflanzen sind Teil einer Ökologie, so daß man auch viele Tiere und Bodenbakterien und dergleichen behalten muß. Solange man eine Biosphäre haben muß, ist es billiger, einfacher, produktiver, daraus den Großteil der Nahrung zu ziehen, als sie synthetisch herzustellen. Deshalb sind Kolonisten auf terrestroiden Welten fast immer nicht nur Bergleute und Fabrikanten, sondern auch Farmer, Viehzüchter, Forstleute.«

»Und?«

»Man wächst Generation um Generation in seine Welt hinein. Es sind nicht die Wände und die Maschinen, sondern eine lebendige Natur, der Baum, auf den du als Kind geklettert bist, das Feld, das dein Großvater gerodet hat, der Hügel, auf dem du dein erstes Mädchen geküßt hast. Deine Dichter haben sie besungen, deine Künstler gezeichnet, deine Geschichte hat sich auf ihr abgespielt, deine Vorfahren sind in sie zurückgekehrt, und du wirst es auch. Sie ist du, und du bist sie. Du kannst sie ebensowenig freiwillig hergeben, wie du dein Herz aus der Brust schneiden könntest.« Holm sah seinen Sohn an. »Ich hätte gedacht, daß du das stärker empfindest als ich, Arinnian«, sagte er. »Was ist in dich gefahren?«

»Dieser Mann«, murmelte Arinnian. »Er hat nicht mit gräßlichen Dingen gedroht, er hat gewarnt und gefleht. Das hat bei mir gewirkt. Ich habe gesehen . . . Ich sah Mutter, die Kinder, dich, meine Chothgenossen –«

»Billige ihnen ihren Stolz zu«, sagte Holm.

Eyath wird lieber sterben als aufgeben, dachte Arinnian. Er straffte seine Schultern.

»Ja. Natürlich, Vater.«

Holm lächelte schwach.

»Du hast schließlich den Gedanken, mit dem wir uns befassen wollen, aufgebracht.«

»Es – das war eigentlich gar nicht meine Idee. Ich habe mich mit Tabitha Falkayn unterhalten, und sie ließ die Bemerkung halb im Spaß fallen. Als ich später darüber nachdachte, fragte ich mich, ob – na ja.«

»Hm. Was für ein Mädchen. Nun gut, machen wir uns an die Arbeit. Zuerst projizieren wir eine Karte, ja?«

Die Gedanken Daniel Holms ließen sich erraten. Die Munterkeit in der Stimme, das Funkeln in den Augen. So, so. Chris hat endlich eine Frau kennengelernt, die weder Sexmaschine noch Ythrierin ist. Ob ich das Ro schon sagen darf? Jedenfalls kann ich ihr sagen, daß unser Sohn und ich wieder zusammen sind.

Um St. Li bedeutete der Winter Regen. Er fauchte, er kreischte, er wusch und streichelte, es war schön, unbekleidet draußen zu sein, und wenn er kurz aufhörte, hinterließ er Regenbogen.

Tabitha und Rochefort gingen am Strand entlang und hielten sich bei der Hand. Er trug nur Kilt und Dolch, die sie ihm gegeben hatte.

Eine volle Morgana erhob sich im Osten aus dem Wasser. Das Licht strömte vom Horizont zu den Brechern, auf deren Kronen es zu blassem Feuer erstrahlte; die Dünen schimmerten, die Baumwipfel, eine Schattenwand auf der linken Seite, fingen an zu leuchten. Es herrschte kein Wind, und die Brandung rauschte gleichmäßig wie Herzschlag.

»Das soll zerstört werden?« sagte Rochefort gequält. »Verbrannt, vergiftet, zerfetzt? Und du!«

»Es wird wohl nicht dazu kommen«, erwiderte Tabitha.

»Ich sage dir, ich weiß, was kommen wird.«

»Wird der Feind wirklich bombardieren?«

»Nicht gern. Aber wenn ihr Avalonier in eurer unsinnigen Arroganz ihm keine Alternative laßt –« Rochefort verstummte. »Verzeih. Das hätte ich nicht sagen sollen. Aber es geht mir zu nah.«

Ihre Hand schloß sich fester um die seine.

»Ich verstehe, Phil. Du bist nicht der Feind.«

»Was ist schlecht daran, zum Imperium zu gehen?« Er zeigte zum Himmel hinauf. »Schau. Sonne um Sonne um Sonne. Sie könnten euch gehören.«

Sie seufzte.

»Ich wünsche mir –« Sie hatte bezaubert seinen Berichten von diesen Myriaden Welten gelauscht. Sie lächelte plötzlich. »Nein, ich will mir nichts wünschen«, sagte sie. »Ich halte mich an dein Versprechen, daß du mir Terra, Ansa, Hopewell, Cynthia, Woden, Diomedes, Vixen zeigst, sobald der Friede da ist.«

»Wenn wir es dann noch können.«

»Gewiß. Die Nacht ist zu schön, als daß man an etwas anderes glauben könnte.«

»Ich kann deine Ythri-Einstellung einfach nicht teilen«, sagte er langsam. »Und das schmerzt auch.«

»Du kannst nicht? Ich meine, du bist tapfer, ich weiß es, und du kannst das Leben genießen, wie es kommt.«

Er blieb stehen, drehte sich herum und ergriff ihre andere Hand. Sie sahen einander stumm an.

»Ich will es versuchen«, sagte er, »deinetwegen. Hilfst du mir?«

»Ich helfe dir bei allem, Phil«, antwortete sie.

Sie hatten sich schon geküßt, spielerisch zunächst, aber nun wurden die Küsse immer leidenschaftlicher. Diesmal gebot sie seinen Händen nicht Einhalt, auch den ihren nicht.

»Phil und Hrill«, flüsterte sie schließlich. »Phil und Hrill. Liebling. Ich kenne eine Stelle, zwei Kilometer von hier, zwischen den Bäumen, aber man sieht dazwischen den Mond und das Wasser, und das Gras ist dicht und weich, Terra-Gras –«

Er folgte ihr, kaum fähig, sein Glück zu begreifen.

Sie lachte.

»Ja, ich habe es geplant«, sang sie. »Ich habe seit Tagen

auf die Gelegenheit gewartet. Macht es dir etwas aus, daß du verführt wirst? Wir haben vielleicht wenig Zeit.«

»Ein ganzes Leben mit dir ist zu kurz«, sagte er stockend.

»Jetzt wirst du mir helfen müssen, mein Liebster«, sagte sie. »Du bist der erste. Ich habe immer auf dich gewartet.«

14

Arinnian rief Eyath vom Boden aus an.

»Hojah! Komm herunter und steig ein«, rief er grinsend. »Wir hohen Tiere dürfen keine Zeit vergeuden.«

Sie schwebte herab und betrachtete das torpedoartige Ding mit Widerwillen.

»Müssen wir damit fahren?« fragte sie.

»Wenn wir um den halben Planeten herum müssen, ja«, erwiderte er. »Es ist gar nicht so schlimm. Nicht einmal eine Stunde bis St. Li. Zu Tabby. Gib mir die Hand.«

Er half ihr hinauf.

»Das müssen Choths wie Stormgate noch überwinden«, meinte er. »Die Platzangst. Ihr beschränkt euch zu sehr in der Reichweite, wenn ihr es nur in durchsichtigen Kuppeln aushaltet.«

Sie hob den Kopf.

»Wenn Vodan es aushält und Schlimmeres, dann schäme ich mich für mein Zögern, Arinnian.«

»Ich hoffe sogar, daß du sehen kannst, was Vodan sieht. Es gefällt ihm im Weltraum, nicht wahr?«

»J-ja. Er hat es mir gesagt. Er will nicht in der Marine bleiben, aber wir wollen nach dem Krieg andere Planeten besuchen.«

»Versuchen wir heute, dich davon zu überzeugen, daß

Reise wie Ziel etwas Besonderes sind ... M-m-m, weißt du, Eyath, zwei Paare miteinander – Nun. Da wären wir.«

Er half ihr in die Gurte des Kopilotensitzes.

»Normalerweise wäre das nicht nötig«, sagte er. »Der Flitzer ist raumflugfähig – er könnte Morgana erreichen und auch die näheren Planeten – besitzt also Gegenbeschleunigungsfelder. Aber wir fliegen hoch, am Rand der Atmosphäre, damit es keinen Überschallknall gibt. Im Krieg scheint jetzt nichts richtig zu laufen, aber –«

»Gewiß, Arinnian«, murmelte sie.

Er schnallte sich an, prüfte die Instrumente, bekam Starterlaubnis und stieg auf.

»O-o-o-h«, hauchte Eyath, als sie die obere Stratosphäre erreichten.

Sie flogen lautlos dahin. Avalon unter ihnen war ein silberner Ozean. Um sich sahen sie purpurne Dämmerung, Sonne, Mond, ein paar Sterne, die Unendlichkeit, kalt und still.

»Du mußt Bilder gesehen haben«, sagte Arinnian.

»Ja. Es ist nicht dasselbe.« Eyath packte seinen Arm. »Danke, lieber Chothgenosse.«

Und ich bin unterwegs zu Tabby, um von einem Schlachtplan zu berichten, der vielleicht funktioniert, wenn wir alle zusammenarbeiten. Wie kann ich es wagen, so glücklich zu sein?

Sie landeten auf dem kleinen Platz am Gebirge, wenige Kilometer von Tabithas Wohnung entfernt. Als er die Gurte löste, zitterten seine Finger. Er hastete zur Schleuse, ohne Eyath zu helfen. Die Gangway hatte sich schon ausgefahren. Der Wind fuhr durch seine Haare. Da stand Tabitha und winkte.

Mit der linken Hand. Ihre Rechte umklammerte die des Terraners.

Nach einer halben Minute rief sie: »Willst du den ganzen Tag stehenbleiben, Chris?«

Er ging hinunter. Die beiden ließen einander los und streckten ihm nach Menschenart die Hände entgegen. Inzwischen streichelte ihr Fuß den von Rochefort. Sie trug nichts als ein paar Muster von Körperbemalung. Dazu gehörte die fröhliche Banalität eines von einem Pfeil durchbohrten Herzens.

Arinnian verbeugte sich.

»Wir haben etwas Dringendes zu besprechen«, sagte er auf Planha. »Am besten gehen wir gleich zu Draun.«

Tabithas Partner und Vorgesetzter wartete in ihrem Haus.

»Bei mir gibt es zu viele Kinder«, brummte er. »Die Geheimhaltung muß wichtig sein, sonst hättet ihr einfach angerufen.«

Arinnian schaute sich um. Der Wohnraum war wenig verändert. Bis jetzt hatte er ihm gefallen. Niedrige Decke aus Leuchttafeln, ein paar Susinmatten auf dem Eichenboden zwischen Kupferholzwänden mit großen Fenstern, ein paar Sessel, kleine Tische, ein Steinkrug, mit Blumen gefüllt. Eyaths Flügel berührte ihn. Sie mochte Draun nicht. Er spürte die Wärme, die von ihrem Körper ausging.

»Ja«, sagte er. »Wir müssen die Sache für uns behalten.« Er sah Rochefort an. »Sie lernen Planha, wie ich höre. Wie weit sind Sie gekommen?«

Das Lächeln des Terraners wirkte seltsam schüchtern.

»Nicht weit«, gab er zu.

»Er kann es schon sehr gut«, meinte Tabitha und schmiegte sich an ihn.

»Ich habe keine Möglichkeit, Ihren Plan meinen Leuten weiterzugeben, wenn Sie das meinen«, sagte Rochefort. »Aber ich möchte meine Lage klarstellen. Das Imperium ist meine Seite. Ich habe einen Eid geleistet, und im Augenblick kann ich meinen Rang nicht niederlegen.«

»Gut gesagt«, meinte Eyath. »So würde mein Verlobter auch sprechen.«

»Was ist für einen Terraner Ehre?« schnaubte Draun verächtlich. Tabitha sah ihn zornig an. Bevor sie etwas erwidern konnte, fuhr Rochefort fort: »Wie Sie sehen können, will ich nach dem Krieg hierbleiben. Egal, wie er ausgeht. Aber ich halte nur einen Ausgang für möglich. Christopher Holm, abgesehen davon, daß ich mich in Tabitha verliebt habe, liebe ich auch Ihren Planeten. Könnte ich Sie vielleicht dazu bewegen, das Unvermeidliche hinzunehmen, bevor das Entsetzliche über Tabby und Avalon hereinbricht?«

»Nein«, sagte Arinnian.

»Das dachte ich mir.« Rochefort seufzte. »Gut, ich gehe inzwischen spazieren. Genügt eine Stunde?«

»O ja«, sagte Eyath auf Inglisch.

Rochefort lächelte.

»Ich liebe Ihr ganzes Volk.«

Eyath stieß Arinnian an.

»Brauchst du mich?« fragte sie. »Du wirst die Grundidee erläutern. Die kenne ich.« Sie gab einen pfeifenden Laut von sich, den es nur im avalonischen Dialekt des Planha gab – ein Kichern. »Du weißt, wie die Frauen vor den Witzen ihrer Männer flüchten.«

»Hm?« sagte er. »Was willst du tun?«

»Herumwandern mit Ph – Phü-lühp Hroasch For. Er war dort, wo Vodan ist.«

Du auch? dachte Arinnian.

»Und er ist Hrills Freund«, fügte sie hinzu.

»Geh, wenn du willst«, meinte Arinnian.

»Dann also eine Stunde.« Klauen tickten, Federn rauschten, als Eyath zu dem Terraner ging. Sie griff nach seinem Arm. »Kommen Sie, wir haben viel zu bereden«, sagte sie.

Er lächelte wieder, streifte Tabithas Mund mit den Lippen und ging mit der Ythrierin hinaus. Es blieb eine Weile still.

»Ich kann nichts dafür«, sagte Draun. »Ich hätte ihn umgebracht wie seinen Kameraden, wenn Hrill nicht dagegen gewesen wäre.«

»Tabitha Falkayn hat über ihr Leben selbst zu bestimmen, Draun«, sagte Arinnian nach einer Pause.

Tabitha wandte sich an ihn.

»Also? Kannst du an der Lage etwas ändern?« fragte sie. Ihr Lächeln wirkte beinahe schüchtern.

Er erwiderte es nicht.

»Ja«, sagte er. »Laßt euch erklären, was ich im Sinn habe.«

Sie rückten näher zusammen.

Da die Ornithoiden keine weiten Strecken laufen wollten und im Flug ein ausgedehntes Gespräch nicht möglich war, führte Eyath Rochefort zuerst zu den Ställen. Sie kannte sich nach mehreren Besuchen hier schon aus. Man hielt ein paar Zirraukhs und ein Pferd für Tabitha. Die Zirraukhs waren kleiner als Pferde und glichen ihnen nur darin, daß sie warmblütige Vierbeiner waren – strenggenommen handelte es sich nicht um Säugetiere – aber sie dienten einem ähnlichen Zweck.

»Können Sie Ihr Tier aufzäumen?« fragte sie.

»Ja. Ich lebe ja schon eine Weile hier. Vorher glaube ich, daß ich nie ein Pferd gesehen habe, außerhalb des Zoos.« Er lachte kurz. »Sollen wir uns nicht die Erlaubnis holen?«

»Warum? In Stormgate fragt man nicht, wenn man unter Freunden ist.«

»Wenn ich es nur wäre.«

Sie sattelten die Tiere und ritten durch die Haine.

»Sie sind gut, Eyath«, sagte Rochefort. »Die meisten hier sind es gewesen. Mehr, fürchte ich, als umgekehrt das der Fall auf einem Menschenplaneten wäre.«

»Man muß nicht hassen, um zu kämpfen«, sagte Eyath.

»Es hilft einem. Wenn man ein Mensch ist, jedenfalls«, sagte er mit schiefem Lächeln. »Und dieser Draun –«

»Ach, er haßt Sie nicht. Er ist immer so. Seine Frau tut mir leid. Nein, nicht leid, denn das wäre Herablassung, nicht wahr? Sie hält durch.«

»Warum bleibt sie bei ihm?«

»Der Kinder wegen, natürlich. Und vielleicht ist sie nicht einmal unglücklich. Draun muß auch seine guten Seiten haben, da Hrill mit ihm zusammenarbeitet. Ich werde jedenfalls in meiner Ehe viel mehr Glück haben.«

»Hrill –« Rochefort schüttelte den Kopf. »Ich fürchte, ich habe mir den Haß von Christopher Holm zugezogen.«

»Ganz klar«, sagte Eyath. »Sie sind da, wo er sein wollte. Er blutet so, daß man es hören kann.«

»Es macht Ihnen nichts aus? Obwohl Sie ihm so nahestehen?«

»Nun, ich sehe nicht gerne, daß er sich quält, aber er wird darüber hinwegkommen. Außerdem habe ich mich gefragt, ob sie ihn nicht zu sehr binden würde.« Sie sah Rochefort an. »Wir reden von Dingen, die uns nichts angehen. Ich möchte Sie lieber fragen, bei welchen Sternen Sie gewesen sind, und wie es ist, ein Krieger zu sein.«

»Ich weiß nicht«, sagte Tabitha. »Klingt verdammt unbestimmt.«

»Zeig mir den Plan, für den das nicht gilt«, erwiderte Arinnian. »Die Sache ist die, ob er gelingt oder nicht, wir werden die Bedingungen des Kampfes verändert haben.

Das Imperium wird keinen Grund mehr zur Bombardierung haben, und Avalon ist gerettet.« Er blickte Draun an.

Der Fischer lachte.

»Ob ich das wünsche oder nicht, wie?« sagte er. »Nun, ich finde jeden Plan gut, bei dem wir persönlich Terraner umbringen können.«

»Bist du sicher, daß sie dort landen, wo du es möchtest?« fragte Tabitha.

»Nein, natürlich nicht«, knurrte Arinnian. »Wir tun, was wir können, um ihnen das Gebiet von der Logik her nahezulegen. Unter anderem sorgen wir für ein paar Überläufer. Die Terraner sollten nicht merken, daß sie auf uns zurückzuführen sind, weil es gar nicht schwer ist, diesen Planeten zu verlassen. Gegen Objekte, die sich entfernen, ist die Abwehr nicht eingestellt.«

»Hm.« Tabitha rieb sich das Kinn. »Wenn ich ein terranischer Abwehroffizier wäre und mir jemand, der behauptet, von Avalon geflüchtet zu sein, eine solche Geschichte bringen würde, bliebe mir nichts anderes übrig, als ihn einer Hypnosondierung zu unterziehen.«

»Zweifellos.« Arinnian nickte steif. »Aber es werden echte Überläufer sein. Mein Vater hat kluge Leute eingesetzt, die dafür sorgen. Ich kenne die Einzelheiten nicht, aber ich kann es mir denken. Wir haben wirklich Leute, die in Panik geraten sind oder die unsere Kapitulation wünschen, weil sie davon überzeugt sind, daß wir auf jeden Fall unterliegen. Und es gibt noch mehr, die das weniger stark empfinden, und denen die erste Sorte glaubt. Angenommen – nun, angenommen, Präsident Vickery ruft einen potentiellen Verräter zu einer geheimen Besprechung zu sich. Vickery erklärt, daß er persönlich aufgeben möchte, daß es für ihn politischer Selbstmord wäre, offen zu handeln, aber er könne helfen, indem er bestimmten

Personen die Möglichkeit gebe, den Terranern gewisse Vorschläge zu überbringen. Versteht ihr? Ich sage nicht, daß es so gemacht werden wird – ich weiß nicht, wieweit wir Vickery wirklich trauen können – aber die Einzelheiten dürfen wir den Leuten meines Vaters überlassen.«

»Und ebenso die militärischen Maßnahmen, durch die das Ganze plausibel wird. Schön, sehr schön«, sagte Draun.

»Deshalb bin ich hier«, fuhr Arinnian fort. »Ich soll die Heimwehr-Führer informieren und für Koordination sorgen.« Er stand auf und ging vor Tabitha hin und her, ohne sie auch nur einmal anzusehen. »Es wäre übrigens sehr nützlich, wenn ein Terraner selbst diese Information übermitteln könnte.«

Sie stieß zischend den Atem aus. Draun beugte sich vor.

»Ja«, sagte Arinnian. »Dein lieber Philippe Rochefort. Du sagst ihm, daß ich hier bin, weil ich mir wegen Äquatoria Sorgen mache.« Er erklärte ihr die Einzelheiten. »Dann habe ich auf den Nachbarinseln zu tun und fliege mit Eyath herum. Unser Raumboot bleibt unbewacht hier. Du läßt ihn frei herumlaufen, nicht? Ganz klar, was er tun wird.«

Tabithas Pfeifenstiel zerbrach in ihren Händen. Sie bemerkte nicht, daß der Kopf auf den Boden fiel und glühende Asche verstreute.

»Nein«, sagte sie.

Arinnian funkelte sie an.

»Er bedeutet dir mehr als deine Welt?«

»Ich werde ihn nicht als Werkzeug gebrauchen«, sagte sie.

»Nein, wenn sein edler Geist dein Vertrauen nie enttäuschen würde, was hast du zu befürchten?«

»Ich setze meine Ehre nicht herab«, sagte Hrill.

»Du vergleichst dich mit diesem Kerl?« höhnte Draun.

Sie sah ihn an, und ihre Hand zuckte zum Messer.

Er trat einen Schritt zurück.

»Genug«, sagte er leise.

Es war eine Erleichterung, als die Stille durchbrochen wurde. Jemand hämmerte an die Tür. Arinnian öffnete. Rochefort stand vor ihm, hinter sich ein Pferd und ein Zirraukh. Er atmete keuchend und war blaß.

»Sie hätten doch noch nicht zurückkommen sollen«, sagte Arinnian.

»Eyath –« begann Rochefort.

»Was?« Arinnian packte ihn bei den Schultern. »Wo ist sie?«

»Ich weiß nicht. Ich – wir ritten und unterhielten uns – und plötzlich stieß sie einen Schrei aus. Mein Gott, ich höre ihn immer noch. Und sie flog davon, stürmte hinauf in den Himmel, war fort, bevor ich sie zurückhalten konnte. Ich – ich wartete, bis –«

Tabitha kam heran. Sie sah, wie Arinnians Finger sich in Rocheforts Arm krallten.

»Phil«, sagte sie leise. »Liebling, denk nach. Sie muß etwas Furchtbares gehört haben. Was war es?«

»Ich habe keine Ahnung.« Der Terraner verzog das Gesicht unter Arinnians Griff, rührte sich aber nicht von der Stelle. »Sie bat mich, den, nun, den Krieg im Weltraum zu beschreiben. Meine Erlebnisse. Ich erzählte von unserem letzten Kampf vor unserer Bruchlandung. Du erinnerst dich. Ich habe dir auch davon erzählt.«

»Aber du hast etwas erwähnt, was ich noch nicht wußte?«

»Nun, ich habe erwähnt, daß mir das Abzeichen an dem avalonischen Raumboot aufgefallen ist, und sie wollte wissen, wie es aussah.«

»Und?«

»Ich habe es ihr gesagt. Hätte ich das nicht tun sollen?«

»Wie sah es aus?«

»Es waren drei goldene Sterne entlang einer Hyperbel.«

Arinnian ließ Rochefort los. Seine Faust traf den Mann im Gesicht. Rochefort stolperte und fiel zu Boden. Arinnian zog das Messer, wollte sich auf ihn stürzen, beherrschte sich. Rochefort setzte sich verwirrt auf. Er blutete am Mund.

Tabitha kniete neben ihm.

»Du konntest es nicht wissen«, sagte sie, einem Zusammenbruch nahe. »Du hast ihr gesagt, daß ihr Geliebter tot ist.«

15

In der Nacht frischte der Wind auf. Die Wolken zerrissen zu großen Massen, das Blauschwarz versilbert von der dahinziehenden Morgana. Ein paar Sterne blinkten auf und verschwanden wieder. Im Dunkeln tobte die Brandung.

Rochefort und Tabitha gingen am Strand entlang.

»Wo ist sie?« fragte er rauh.

»Allein«, antwortete sie.

»Bei diesem Wetter? Das noch schlimmer wird? Hör mal, wenn Holm sie suchen kann, könnten wir doch wenigstens –«

»Sie kommen beide mit sich selbst zurecht«, sagte Tabitha und zog den Umhang enger um sich. »Chris rechnet wohl gar nicht damit, daß er sie finden wird, wenn sie nicht gefunden sein will, und daran zweifle ich. Er muß einfach etwas tun. Und er muß eine Weile Distanz von uns haben. Ihr Leid quält ihn. Es ist typisch für die Ythrier, daß sie zunächst alleine trauern.«

»Mein Gott! Da habe ich etwas angerichtet, nicht wahr?«

»Du konntest es nicht wissen«, sagte sie wieder. »Außerdem ist es besser, sie erfährt es so, als wenn sie Wochen und Monate warten muß und nie sicher sein kann, ob er nicht auf irgendeine gräßliche Weise umgekommen ist. Außerdem hast du ihn nicht umgebracht, sondern unser eigener Angriff. Es war der Krieg, könnte man sagen, wie eine Lawine oder ein Blitz.«

»Der dreckige Krieg«, zischte er. »Haben wir immer noch nicht genug davon?«

»Dein kostbares Imperium kann ihn jederzeit beenden, weißt du«, sagte sie zornig und ließ seinen Arm los.

»Er ist zu Ende, abgesehen von Avalon. Was hat es für einen Sinn, weiterzumachen? Ihr zwingt sie, euch zu bombardieren, bis ihr euch ergebt.«

»Und damit wird den anderen gezeigt, was das Imperium in Wirklichkeit ist. Das kann auf die Dauer viel kosten. Du weißt, wir verlassen uns darauf, daß sie keine Ungeheuer sind und auch ein Eigeninteresse haben. Sprechen wir nicht mehr davon.«

»Ich muß. Tabby, du und Holm – aber es ist natürlich der alte Holm, und er und ein paar andere alte Männer und Ythrier, denen gleichgültig ist, wie viele Junge sterben, solange sie nicht ihre dumme, greisenhafte Sturheit –«

»Hör auf. Bitte.«

»Ich kann nicht. Ihr plant wieder etwas Neues, Verrücktes und glaubt, damit könnt ihr euch durchsetzen. Es wird eine Katastrophe geben. Der Kampf wird verlängert und verstärkt. – Nein, ich kann nicht zusehen, wie ihr euch kaputtmacht.«

Sie blieb stehen. Im Halbdunkel starrten sie einander an.

»Keine Sorge«, sagte sie. »Wir wissen, was wir tun.«

»Wirklich? Was habt ihr für einen Plan?«

»Das darf ich dir nicht sagen, Liebling.«

»Nein«, sagte er bitter, »aber du darfst zulassen, daß ich nachts wachliege, weil ich Angst um dich habe. Hör zu, ich verstehe etwas vom Krieg. Und von der Einstellung des Oberkommandos meiner Seite. Ich könnte dir ziemlich genau sagen, wie man reagieren würde.«

Tabitha schüttelte den Kopf. Sie hoffte, daß er nicht sah, wie sie sich auf die Unterlippe biß.

»Sag es mir«, drängte er. »Was für einen Schaden kann ich anrichten? Und mein Rat – Oder vielleicht habt ihr gar nichts so Tollkühnes vor. Wenn ich da sicher sein könnte –«

Sie brachte die Worte kaum über die Lippen.

»Bitte. Bitte.«

Er legte die Hände auf ihre Schultern.

»Wenn du mich liebst, tust du es«, sagte er.

Sie stand im Wind. Ich kann ihn nicht anlügen, dachte sie. Oder doch? Aber ich kann auch nicht meinen Eid brechen. Oder?

Was ich ihm nach Arinnians Anweisung sagen sollte ...

Aber ich prüfe dich nicht, Phil, Phil. Ich – wähle das kleinere Übel ... weil du nicht möchtest, daß deine Frau ihren Eid bricht, nicht wahr? Ich gebe dir an kurzem Glück, was ich kann, mit einer Unwahrheit, die für dein Verhalten nichts bedeutet. Danach, wenn du es erfährst, bitte ich dich auf Knien um Verzeihung.

»Haben wir dein Ehrenwort?« sagte sie gepreßt.

»Daß ich die Information nicht gegen dich verwende?« Seine Stimme versagte kurz. »Ja.«

»O nein!« Sie griff nach ihm. »Ich meinte nicht –«

»Du hast mein Wort, Liebstes!«

In diesem Fall – dachte sie. Aber nein, ich könnte ihm

nicht die Wahrheit sagen, bevor ich mit Arinnian gesprochen habe, der gewiß nein sagt, und außerdem wäre Phil zu unruhig, in Angst um mich und, ja, um seine Freunde in der Marine, die nicht zu warnen ihm seine Ehre gebieten würde.

Sie ballte die Fäuste unter dem Umhang und sagte hastig: »Nun, es ist gar nichts Fundamentales. Du weißt von Äquatoria, dem unbewohnten Kontinent. Da gibt es nichts als ein paar weitverstreute Stellungen und wenige Soldaten. Sie sitzen meist in Baracken herum, weil es bei so wenig Leuten keinen Sinn hat, in diesem Riesengebiet zu patrouillieren. Chris hat sich deshalb Sorgen gemacht.«

»Hm, ja, ich habe gehört, wie er dich darauf ansprach.«

»Er hat seinen Vater dazu gebracht, einzusehen, daß die Verteidigungsmaßnahmen dort unzureichend sind. Vor allem das Scorpeluna-Tafelland ist völlig ungeschützt. Die es umgebenden Gebirge, die Lufttturbulenz und dergleichen isolieren es. Ein Gegner, der die Orbitalfestungen durchbrechen und landen wollte – nun, unterhalb von fünfzig Kilometern wäre er vor unseren Energiestrahlen geschützt und könnte mit den Raketen und Flugzeugen leicht fertig werden. Am Boden, verschanzt – verstehst du? Ein Brückenkopf wäre leicht zu halten. Wir wollen dieses Gebiet besser schützen. Das ist alles.«

Sie verstummte. Sie fühlte sich schwindlig. Habe ich mit einem einzigen Atemzug gesprochen?

»Verstehe«, sagte er nach einer Weile. »Danke, mein Liebes.«

Sie trat zu ihm und küßte ihn zart.

Später ließ der Wind nach, die Wolken türmten sich wieder, und es regnete. In der Dämmerung erhob sich Laura blind aus dem großen Wasser in strahlendem Blau, und alle Blätter und Halme auf der Insel glitzerten wie Edelsteine.

Eyath verließ den Gipfel, wo sie die letzten Stunden gekauert hatte. Zuerst war sie durchfroren und steif, aber die Luft blies kühl in Nase und Flügelschlitze. Die Muskeln vibrierten bald.

Hinauf, hinauf, dachte sie und schwebte in weiten Spiralen in den Himmel. Das Meer lachte, aber die Insel träumte, und man hörte nur das Rauschen des Windes.

Im Tod warst du auch eine Sonne, Vodan.

Die Verzweiflung war weggefegt, verbrannt, von Wind und Regen fortgewaschen, wie Vodan es von ihr verlangt hätte.

Tief unten verließ ein Schwarm von Pteropleuronen sein Riff und überflog das Wasser, auf der Suche nach Fischen. Eyath wählte ihre Beute, zielte und stürzte hinab. Als sie die Membranen über die Augen zog, wurde die Welt ein wenig dunkler und trüber, aber sie schoß wie ein Pfeil hinab, und als das Genick des Reptiloids brach, jubelte sie still: Vodan, du würdest dich freuen!

Sie ließ sich auf einem Felsen nieder und verzehrte ihr Mahl. Dann flog sie langsam landeinwärts. Sie wollte zwischen Bäumen und Blumen ruhen, im sonnengefleckten Schatten, danach würde sie wieder hinaufschweben und immer an Vodan denken. Da sie nicht geheiratet hatten, konnte sie seinen Todestanz nicht anführen; heute würde sie ihm ihren eigenen geben.

Sie flog tief über einem Obstgarten dahin. Der Boden dampfte. Vodan, träumte sie, hier würden wir fliegen, wenn du bei mir wärst. Wir fänden einen Platz, wo du mich in deine Flügel nehmen könntest.

Sie sank herab und landete. Orangenbäume standen herum, nicht zu hoch, nicht zu eng. Der Boden war frisch gesäubert und kultiviert. Sie spürte einen Schatten und hob den Kopf. Flügel rauschten herab. Es war Draun.

Sein Kamm hatte sich aufgerichtet. Alle Federn um den grinsenden Mund sagten: Ich hatte gehofft, dich so zu finden, nach dem, was geschehen ist.

»Nein«, wimmerte sie und breitete die Flügel aus, um sich hinaufzuschwingen.

Draun kam heran, die Arme weit ausgebreitet.

»Schön, wunderschön«, sagte er. »Khr-r-r-r.«

Ihre Flügel klatschten. Die hineinrauschende Luft brachte Kraft, aber nicht ihre eigene. Es war eine andere Gewalt, die sie schüttelte – wie eine erjagte Beute.

»Vodan!« schrie sie und erhob sich vom Boden. Es ging langsam und ungeschickt. Draun griff hinauf, und gemeinsam stürzten sie zu Boden.

Sie kratzte nach seinem Gesicht und griff nach ihrem Messer. Er hielt ihre Handgelenke fest und zog sie an sich.

»Das willst du doch gar nicht«, keuchte er ihr ins Ohr. »Nicht wahr?« Er zog ihre Arme um seinen Hals und preßte sie an sich. Seine ausgebreiteten Flügel verdunkelten die Sonne.

Sie preßte ihre Lider so zusammen, daß das Dunkel voll tanzender, formloser Lichter war. Vodan, dachte sie, ich will so tun, als wärst du es.

Aber Vodan wäre danach nicht weggegangen und hätte sie zerkratzt, zerbissen und halb besinnungslos zurückgelassen, damit Arinnian sie so finden konnte.

Tabby schlief noch, Holm suchte immer noch nach seiner armen Freundin, Draun hatte sich entfernt, angeblich, um ihm zu helfen, die Fischer gingen ihrer Arbeit nach. Die Siedlung lag still in der Morgensonne.

Rochefort schlich ins Schlafzimmer. Sie atmete tief und

gleichmäßig, mit leicht geöffneten Lippen. Als er sich über sie beugte, sah er die Spuren getrockneter Tränen.

Sein Mund verzerrte sich. Die geplatzte Lippe schmerzte weniger als sein Herz.

Wenn ich zu lange warte, wird sie noch wach, dachte er. Er zählte langsam bis hundert, bevor er hinausschlich.

Die Dächer der Gebäude, der Gipfel dahinter, standen in unfaßbarer Klarheit vor einem Himmel, den ein Paar ferner Fittiche mit der Sonne teilte. Das weichste Grün und Braun leuchtete nicht weniger als das grellste Rot. Die Luft war von aromatischen Düften erfüllt, die Brandung gab sich ihrem Rhythmus hin. Nein, dachte er. Soviel Schönheit ist nicht zu ertragen. Er ging mit schnellen Schritten auf einem schmalen Weg durch die Obstgärten. Bald würde er die Straße erreichen, die zum Landeplatz führte.

Es wird nicht gelingen, dachte er. Irgend jemand hält Wache, oder ich kann nicht einsteigen, oder es kommt etwas dazwischen. Dann habe ich eben einen Spaziergang gemacht. Sich umsehen kann ja nichts schaden, oder?

Sich umsehen und zum Frühstück wieder zurück sein. Nichts dabei, außer – ihr erlauben, daß Avalonier umgebracht werden, vielleicht Millionen, vielleicht sie eingeschlossen – ja, und meine Kameraden auch – nutzlos, aus gar keinem Grund außer dem Stolz – obwohl sie vielleicht alle zu retten wären. Obwohl sie vielleicht einsieht, daß ich so gehandelt habe, um den Krieg schnell zu beenden, damit sie am Leben bleibt.

Das Land lag still. Um diese Jahreszeit arbeitete niemand auf den Plantagen.

Der Landeplatz lag verlassen. Das Raumboot stand geschlossen auf seinem Platz. Rochefort erstickte beinahe vor Erleichterung, bis ihm einfiel: Vielleicht nur wegen dem Wetter. Vor Dieben fürchtete man sich hier nicht.

Er rollte eine fahrbare Rampe zum Boot. Seine Stiefel knallten laut. Er drückte auf eine Taste. Die Schleuse öffnete sich, eine Gangway schob sich heraus. Rochefort stieg hinein.

Das ythrische Boot war den terranischen sehr ähnlich. Kein Wunder, wenn man bedachte, daß die fliegenden Wesen die Raumfahrt vom Menschen gelernt hatten. Die Instrumente waren in Planha beschriftet, aber Rochefort fand sich zurecht. Nach fünf Minuten wußte er, daß er das Raumfahrzeug lenken konnte.

Er hieb die rechte Faust in die andere Hand. Dann schnallte er sich an.

16

Arinnian trug Eyath zu Fuß zur Siedlung zurück. Sein Grav-Gürtel konnte sie nicht beide sicher tragen, so ließ er ihn zurück. Zweimal sagte sie, daß sie fliegen oder jedenfalls gehen könne, aber so leise und schwach, daß er den Kopf schüttelte. Sonst sprachen sie nicht miteinander, nach den wenigen Worten, die sie an seiner Brust gestammelt hatte.

Er konnte sie nicht lange auf den Armen tragen. Sie klammerte sich dann an ihn, das Kielbein an seinem Rükken, die Fußklauen über seinen Schultern, seine Hüften umfassend, wie ein kleines ythrisches Kind. Er hatte sein Hemd in Streifen gerissen, um ihre Wunden mit Regenwasser aus den hohlen Blättern auszuwaschen. Die Wärme und seidige Weichheit ihres Gefieders lag an seiner Haut, und der Geruch ihrer Liebeszeit umgab ihn wie schweres Parfüm.

Das ist das Schlimmste, dachte er immer wieder. Der

Zustand hält Tage an – zwei Wochen vielleicht. Wenn sie ihm wieder begegnet –

Bereut sie es? Wie könnte sie, bei etwas, wogegen sie nichts tun kann? Sie ist betäubt, gewiß, verletzt, nicht ganz bei Besinnung; aber fühlt sie sich beschmutzt? Sollte sie das?

Plötzlich verstehe ich meine Kameradin nicht mehr.

Er stapfte weiter. Seine Muskeln schmerzten, sein Mund war trocken, sein Gehirn schien voll Sand zu sein. Die Welt war ein Pfad, den er gehen mußte, soundso viele Kilometer lang, nur daß die Kilometer sich immer mehr ausdehnten. So wurde der Pfad immer schmaler, bis die Welt für nichts mehr Platz hatte außer einer Reihe von Täuschungen. Er versuchte, sie wegzuschieben, indem er ein altes Kinderlied vor sich hinsummte, im stillen, damit seine Beine den Rhythmus nicht verloren: ›Du hebst sie auf und legst sie hin, du hebst sie auf und legst sie hin . . .‹ Aber dabei achtete er zu sehr auf seine Füße, wie sie schmerzten, die Knie, wie sie zitterten, die Arme, wie sie brannten, und er kehrte zurück zu den Täuschungen. Terra-Ythri, Ythri-Avalon. Tabitha-Rochefort, Eyath-Draun, nein, Draun-Eyath . . . Vodan – wie hieß sie gleich – ja – Quenna . . . Eyath gegen jedermann, denn im Augenblick gehörte sie jedermann . . .

Der Anblick der Siedlung holte ihn in die Wirklichkeit zurück. Niemand schien da zu sein. Ein Glück. Er würde Eyath heimlich zu Bett bringen können. Die ythrischen Chemiker hatten einen Spray entwickelt, der die Pheromonwirkung aufhob, und bei einer Nachbarin konnte er bestimmt etwas ausborgen. Damit würde jedenfalls gesichert sein, daß die Männer hier nicht vor ihrem Zimmer auf- und abstolzierten, bis sie sich ausgeruht hatte und mit ihm zum Raumboot und dann zurück nach Stormgate fliegen konnte.

Tabithas Haus stand offen. Sie mußte seine Schritte gehört haben und kam an die Tür.

»Hallo«, sagte sie. »Du hast sie gefunden? . . . Hoi!« Sie lief auf ihn zu. »Alles in Ordnung mit ihr?«

»Nein.« Er wankte hinein. Die Kühle und das Halbdunkel gehörten zu einem anderen Planeten.

Tabitha eilte ihm nach.

»Auf mein Bett«, sagte sie.

»Nein!« Arinnian blieb stehen. Er hätte die Achseln gezuckt, wäre die Last nicht gewesen.

»Warum nicht?«

Eyath legte sich hin, einen Flügel unter sich zusammengefaltet, den anderen weit gespreizt. Mit der Nickhaut sah sie aus wie eine Blinde.

»Danke.« Es war kaum zu hören.

»Was ist passiert?« Tabitha beugte sich über sie. Der Geruch, den ein ythrischer Mann über Kilometer hinweg wahrnehmen konnte, stieg ihr in die Nase. »Oh.« Sie richtete sich auf. »Ja.«

Arinnian ging ins Badezimmer, trank ein Glas Wasser nach dem anderen, duschte sich eiskalt. Damit und mit Hilfe einer Stimulanspille wurde er wieder frisch. Inzwischen eilte Tabitha hin und her, um alles für Eyaths Pflege zu besorgen.

Als sie beide fertig waren, gingen sie ins Wohnzimmer.

»Ich habe ihr ein Schlafmittel gegeben«, flüsterte Tabitha. »Sie wird gleich einschlafen.«

»Gut«, erwiderte er aus seinem Haß heraus. »Wo ist Draun?«

Tabitha trat zurück. Ihre grünen Augen weiteten sich.

»Warum?«

»Kannst du dir das nicht denken? Wo ist er?«

»Wozu brauchst du Draun?«

»Um ihn zu töten.«

»Das tust du nicht!« rief sie. »Chris, wenn er es war, konnten sie sich nicht helfen. Keiner von beiden. Das weißt du. Der Schock und die Trauer haben die Ovulation hervorgerufen, und dann kam er zufällig vorbei –«

»Es war nicht zufällig«, sagte Arinnian. »Oder wenn doch, dann hätte er, als er den Geruch wahrnahm, sofort verschwinden können, wie jeder anständige Mann. Er hätte sie auf jeden Fall nicht mißhandeln müssen. Wo ist er?«

Tabitha stellte sich vor das Telefon. Sie war leichenblaß geworden. Er schob sie weg.

»Zu Hause, vermutlich«, sagte Arinnian. »Mit Freunden, die bewaffnet sind.«

»Damit du nichts Unüberlegtes tust«, flehte Tabitha. »Chris, wir sind im Krieg. Er ist zu wichtig in der Heimwehr. Wir – wenn Phil hier wäre, würdest du nie – Muß ich eine Pistole holen?«

Er setzte sich.

»Dein Beschäler könnte mich nicht hindern, von anderswo aus anzurufen«, fauchte er. Sie zuckte zurück. »Deine lächerliche Waffe auch nicht. Sei still.«

Er wußte die Nummer und tippte sie ein. Der Bildschirm wurde hell: Draun, ja, und ein paar Ythrier im Hintergrund, mit Strahlerwaffen. Der Ythrier sagte sofort: »Das habe ich erwartet. Hören Sie mich an? Getan ist getan, und Schaden ist keiner angerichtet. Das Choth-Gesetz sagt es, bei solchen Fällen, außer, daß für verletzten Stolz ein Wergeld verlangt werden kann und für ein Kind gesorgt werden muß. Ein Kind wird es kaum geben, so früh in ihrer Zeit, und was den Stolz angeht, na, sie hat sich amüsiert.« Er grinste und sah an Arinnian vorbei. »Nicht wahr, Engel?«

Arinnian drehte den Kopf. Eyath wankte vom Schlafzimmer herein. Ihre Augen waren weit geöffnet, aber getrübt von der Droge. Ihre Arme streckten sich nach dem Bildschirm aus.

»Ja. Komm«, krächzte sie. »Nein. Hilf mir, Arinnian. Hilf mir.«

Er konnte sich nicht rühren. Es war Tabitha, die sie hinausführte.

»Sehen Sie?« sagte Draun. »Nichts passiert. Na, ihr Menschen könnt eure Frauen zwingen und tut es oft, wie ich höre. Darauf bin ich nicht eingerichtet. Außerdem, was bedeutet für euch das Vergnügen anderer Leute, wenn ihr es hundertmal oder öfter im Jahr macht?«

Arinnian würgte hinunter, was brennend emporquoll.

»Ich habe ihren Zustand gesehen«, sagte er tonlos.

»Na ja, vielleicht war ich ein bißchen erregt. Schuld seid eigentlich ihr Menschen. Wir beobachten euch und machen uns Gedanken. Verstehen Sie? Nun gut, ich biete Wergeld für die Verletzungen, soweit sie von einem Arzt bestätigt werden. Ich lasse sogar über eine Zahlung für den Stolz mit mir reden, mit ihren Eltern, versteht sich. Zufrieden?«

»Nein.«

Drauns Kamm reckte sich.

»Das sollten Sie aber sein. Nach Gesetz und Brauch haben Sie keine weiteren Rechte.«

»Ich werde Sie umbringen«, sagte Arinnian.

»Was? Augenblick! Mord –«

»Im Duell. Wir haben Zeugen. Ich fordere Sie.«

»Sie haben keinen Anlaß, sage ich!«

Arinnian zuckte die Achseln.

»Dann fordern Sie mich.«

»Weshalb?«

Arinnian seufzte.

»Müssen wir uns mit den Formalitäten abmühen? Warten Sie, was für eine tödliche Beleidigung würde passen? Die ordinäre Bemerkung, was ich tun kann, wenn ich über Ihnen fliege? Nein, zu klischeehaft. Ich bin praktisch gezwungen, Ihren Charakter zu beschreiben, Draun. Ich füge hinzu, daß der Highsky-Choth ein Misthaufen ist, da er eine solche Made beherbergt.«

»Genug«, sagte der Ythrier ruhig, obwohl sich sein Gefieder sträubte. »Ich fordere Sie. Vor meinen Göttern, Ihren Göttern, der Erinnerung an alle unsere Vorfahren und der Hoffnung auf alle unsere Nachkommen, fordere ich, Draun von Highsky, Sie, Christopher Holm, genannt Arinnian von Stormgate, zum Kampf, den nur einer lebend überstehen soll. In Gegenwart dieser Zeugen, die ich nennen kann –«

Tabitha kam von hinten heran. Mit Gewalt und unerwartet riß sie Arinnian von seinem Stuhl. Er fiel zu Boden. Sie stand zwischen ihm und dem Schirm.

»Seid ihr beide wahnsinnig?« schrie sie.

»Es ist ausgesprochen.« Draun bleckte die Fangzähne. »Es sei denn, er bittet um Gnade.«

»Ich würde von ihm ein Gnadengesuch nicht annehmen«, sagte Arinnian.

Sie drehte den Kopf hin und her und keuchte. Die Tränen strömten über ihr Gesicht; sie schien es nicht zu bemerken. Sie ließ die Arme sinken.

»Hört ihr mich an?« sagte sie heiser. »Es gereicht euch nicht zur Ehre, daß ihr d-die Personen, die eure Choths ... die Avalon ... braucht ... töten oder verwunden lassen wollt. Wartet, bis der Krieg vorbei ist. Ich fordere euch auf.«

»Nun gut, wenn ich den Geher nicht sehen oder hören muß«, sagte Draun widerstrebend.

»Wenn du meinst, daß wir zusammenarbeiten müssen

wie bisher«, sagte Arinnian zu Tabitha, »wirst du unser Mittelsmann sein müssen.«

»Wie kann sie das?« höhnte Draun. »So, wie Sie mit ihrem Choth umgehen.«

»Ich glaube, ich kann es«, sagte Hrill seufzend.

Sie trat zurück. Die Formel war vollständig. Der Bildschirm wurde dunkel.

Arinnian fühlte sich kraftlos. Er sah das Mädchen an und sagte reumütig: »Das letzte habe ich nicht so gemeint. Von dir erbitte ich Gnade, dir biete ich Wergeld.«

Sie sah ihn nicht an, sondern blickte zur Tür hinaus. Sie sucht ihren Liebhaber, dachte er. Ich finde einen Baum, unter dem ich mich ausruhen kann, bis Eyath wach ist und ich sie zum Raumboot bringen kann.

Donner rollte an den Bergen herab, daß die Fenster klirrten. Tabitha erstarrte. Der Lärm erstarb. Sie lief hinaus.

»Phil«, schrie sie. Ah, dachte Arinnian. Tatsächlich. Der nächste Verrat.

»Rühren, Leutnant. Setzen Sie sich.«

Der dunkelhäutige, gutaussehende junge Mann saß angespannt auf dem Stuhl. Juan Cajal blickte auf die Unterlagen in seiner Hand. Die ›Valenderay‹ umkreiste Pax in einer Entfernung, bei welcher die Sonne nicht mehr war als der hellste Stern.

»Ich habe diesen Bericht über Sie gelesen, einschließlich der Protokolle Ihrer Aussagen, Leutnant Rochefort«, sagte Cajal schließlich, »trotz der Länge. Deshalb habe ich Sie herbringen lassen.«

»Was kann ich hinzufügen, Sir?«

»Erstens wollte ich mich persönlich für die Hypnosondierung entschuldigen, der Sie unterzogen worden sind, als

Sie zur Flotte zurückkehrten. So darf man einen loyalen Offizier nicht behandeln.«

»Ich verstehe, Sir«, sagte Rochefort. »Ich war nicht überrascht, und die Leute sind höflich gewesen. Sie mußten sich vergewissern, daß ich nicht lüge.«

»M-m, ja, die Hypnosonde holt alles heraus, nicht wahr? Die Geschichte bleibt unter uns. Sie haben eine höhere Pflicht erkannt und sich daran gehalten.«

»Weshalb sollte ich persönlich erscheinen, Sir?«

Cajal lehnte sich zurück.

»Das werden Sie merken. Was trinken Sie?«

»Sir?«

»Scotch, Bourbon, Gin, Tequila, Aquavit, und ein paar extraterrestrische Sachen dazu. Ich mag vor dem Essen gerne einen Martini. Wir essen zusammen.«

»Ja? Der, der Admiral ist zu gütig. Ja, einen Martini. Danke.«

Cajal gab die Bestellung durch. Er trank, wenn überhaupt, höchstens einen kleinen Sherry, aber es kam darauf an, daß der junge Mann sich entspannte.

»Rauchen Sie?« fragte er. »Ich nicht, aber es macht mir auch nichts aus, und der Gouverneur hat mir diese Zigarren geschickt. Er ist Kenner.«

»Äh – danke – nicht vor dem Essen, Sir.«

»Sie sind offenbar auch Gourmand.« Cajal plauderte mit seinem Untergebenen, bis die Cocktails gebracht wurden. Es waren große, kalte Gläser. Er hob das seine. »A vuestra salud, mi amigo.«

»Auf Ihr Wohl –«

Sie tranken.

»Sie wissen vielleicht, daß Sie der einzige Gefangene sind, der entkommen konnte«, sagte der Admiral. »Das ist zu verstehen. Sie haben vermutlich nicht mehr als ein, zwei Dutzend, und Sie haben enormes Glück gehabt.

Wahrscheinlich wissen Sie aber nicht, daß wir andere Leute von Avalon hier haben.«

»Überläufer, Sir? Ich habe von Unzufriedenheit gehört.«

Cajal nickte.

»Von Angst, Habgier und auch besseren Motiven, dem Wunsch, aus einer hoffnungslosen Situation das Beste zu machen. Fünfzig, sechzig Leute. Natürlich sind alle verhört worden, noch gründlicher als Sie. Die ersten Flüchtlinge hatten nicht viel Interessantes zu berichten, aber in letzter Zeit – Ein Beispiel: ein Kaufmann aus der Großstadt, reich geworden durch Handel mit nahen Welten des Imperiums. Ihm macht es nichts aus, wenn wir seinen Planeten besetzen, solange der Krieg seinen Besitz nicht zerstört. Verachtenswert oder realistisch? Egal. Er verfügte jedenfalls über gewisse Informationen und hatte andere Informationen zur Weitergabe erhalten, von hochgestellten Leuten, die insgeheim der Friedensgruppe angehören.«

»Befürchten Sie eine Falle, Sir?« fragte Rochefort.

Cajal breitete die Hände aus.

»Die Ehrlichkeit der Flüchtlinge steht außer Zweifel. Aber hat man ihnen falsche Angaben unterschoben, bevor sie flüchteten? Ihre Mitteilungen bestätigen, was sie sagen, recht genau.«

»Über den Kontinent Äquatoria? Ich hätte wahrscheinlich nicht versucht zu fliehen, wenn ich nicht glauben würde, daß wichtig ist, was ich gehört hatte. Ich weiß aber sehr wenig.«

Cajal zupfte an seinem Bart.

»Sie wissen mehr, als Sie glauben. Unsere Analyse hatte schon ergeben, daß Äquatoria ein schwacher Punkt ist. Sie sind monatelang auf Avalon gewesen und haben die Leute beobachten können. Wieviel Sorgen macht man sich wirklich?«

»Hm-m-m ...« Rochefort trank. »Nun, Sir, die Dame, bei der ich war, hatte mit Äquatoria nichts zu tun. Christopher Holm, der älteste Sohn ihres Oberbefehlshabers, scheint sich aber enorme Sorgen gemacht zu haben.«

»Wie sieht die Gegend aus? Vor allem das Scorpeluna-Gebiet?«

Rochefort empfahl ein paar Bücher.

»Ich weiß nichts Genaues«, sagte er. »Soviel ich weiß, ist es ein großes, unfruchtbares Plateau, umgeben von Bergen, die man auf Avalon hoch nennt, etwa in der Mitte des Kontinents, der ja nicht sehr groß ist. Etwas Großwild, vielleicht, aber vom Land kann man sich nicht ernähren, auch nicht der Gegenangreifer.«

»Und da sie Meere zu überqueren haben, wären sie an sich weiter von zu Hause entfernt als unsere Leute von ihren Schiffen«, murmelte Cajal.

»Ein gefährlicher Weg nach unten, Sir.«

»Nicht, sobald wir die Stellungen zerstört haben. Und diese schützenden Gebirge –«

»Das habe ich mir auch überlegt, Sir. Nach meinem Gefühl würden die Ythrier nicht so schnell Verstärkungen nachschieben können. Ob meine Flucht sie nun alarmiert oder nicht.«

Cajal beugte sich vor.

»Angenommen, wir tun es«, sagte er. »Angenommen, wir richten einen Stützpunkt für Flugzeuge und Boden-Boden-Raketen ein. Was würden die Avalonier nach Ihrer Meinung tun?«

»Sie müßten kapitulieren, Sir«, erwiderte Rochefort sofort. »Sir – ich behaupte nicht, daß ich die Ythrier verstehe, aber die menschliche Mehrheit – nun, ich glaube, sie würden sich näher an eine Götterdämmerung heranwagen als wir, aber sie sind nicht verrückt. Wenn wir dort sind, an Land, wenn wir alles beschießen können, was sie haben, nicht zu einer willkürlichen Vernichtung ihres geliebten Planeten – aber wenn wir es selektiv tun können, und –« Er schüttelte den Kopf. »Bin ein bißchen durcheinander gekommen. Außerdem kann ich mich irren.«

»Ihre Eindrücke bestätigen alle xenologischen Forschungsergebnisse«, sagte Cajal.

»Sie wollen die Invasion, nicht wahr, Sir?«

»Gewiß. Ich bin keine Mordmaschine. Meine Vorgesetzten sind es auch nicht.«

»Ich möchte es – und wie! Eine Bitte, Sir. Wenn Sie sich dazu entschließen, darf ich mich der ersten Angriffstruppe anschließen? Sie werden Meteor-Boote brauchen.«

»Das ist sehr gefährlich, Leutnant«, warnte Cajal. »Wir wissen nicht, ob sie nicht versteckte Reserven haben. Deshalb können wir am Anfang nicht zu viel einsetzen. Sie haben sich etwas Besseres verdient.«

Rochefort umklammerte sein Glas.

»Ich erbitte genau das, was ich mir verdient habe, Sir.«

17

Die Armada des Imperiums umzingelte Avalon, und der Angriff begann.

Wieder fegten Raumschiffe und Raketen, Energiestrahlen zuckten, Feuerbälle flammten und erloschen über viele Tausende Kilometer hinweg. Diesmal sahen die Beobachter am Boden die Funken aufsprühen, Stunde um Stunde, bis sie endlich in den Augen schmerzten, bis die Welt aufglühte und schwarze Schatten warf. Der Kampf verlagerte sich nach innen.

Trotzdem ging er gemessen voran. Cajal ließ sich nicht auf unnötige Risiken ein. Er befahl nicht einmal die endgültige Vernichtung von Ferunes Schlachtschiff, als die Roboter dort wieder zu feuern begannen. Es war zu weit entfernt, es besaß zu wenig Munition, um gefährlich werden zu können. Er konzentrierte sich vielmehr darauf, die Verteidigungsanlagen zu zerstören. Die Außenschale stellten die Orbital-Festungen dar, manche groß, viele klein, in Hunderten von Umlaufbahnen in ebensovielen Winkeln zur Ekliptik. Sie hatten Raumschiffen gegenüber ihre Vorteile. Man konnte sie ständig vom Boden aus versorgen, beinahe alle waren vollautomatisiert, sie waren weniger vielseitig, aber auch weniger empfindlich als Fleisch und Nerven.

Cajal bediente sich der Methode, Geschwader mit hoher Beschleunigung auszuschicken. Sie gelangten in die Reichweite der Stationen, feuerten ab, was sie besaßen, und fegten davon. Das wiederholte man notfalls zwei- oder dreimal, bis die Stationen explodierten.

Cajals Plan verlangte nicht nach der Vernichtung aller Orbitaleinheiten. Das wäre so kostspielig gewesen, daß er auf Nachschub vom Imperium hätte warten müssen. Er entschied jedoch, daß der Mond neutralisiert werden mußte, und Morgana wurde so heftig angegriffen, daß Berge zusammenstürzten und Lava durch die Täler strömte.

Im übrigen wandten sich die Einheiten des Imperiums gegen jene Orbitalfestungen, die seine Landetruppen behindern konnten. Verluste waren dabei unvermeidlich, und sie stiegen, als seine Schiffe der Atmosphäre so nahe kamen, daß die Bodenabwehr eingreifen konnte. Der nächste Schritt sah vor, sich damit zu befassen.

Captain Ion Munteanu auf H.M.S. ›Phobos‹ unterrichtete seine Offiziere, während das Raumschiff dahinfegte.

»Wir haben einen Sonderauftrag, wie Sie erraten haben

werden. Wir gehen auf eine Stadt los. Ich sehe eine Hand. Eine Frage, Ozumi?«

»Ja, Sir. Zwei. Wie und warum? Sie werden ihre Städte doch stärker schützen als ihre militärischen Anlagen.«

»Gewiß. Mächtige, komplizierte Einrichtungen, dazu ein Ring von Boden-Weltraum-Raketenstellungen. Wir feuern das Beste, was wir haben, Detonation in Substratosphärenhöhe. Ein Ding muß diese Höhe erreichen, bevor es zur Explosion gebracht wird. Wir versuchen es eben immer wieder.«

»Sir! Sie meinen doch nicht einen Kontinent-Sprenger!«

»Nein, nein. Beruhigen Sie sich. Unser Schiff könnte so etwas gar nicht transportieren. Wir haben keine Anweisung, den Besitz Seiner Majestät unreparierbar zu zerstören. Es werden schwere Bomben sein, sicher, aber mit sauberer Strahlung. Der Luftdruck kann gegen die Nega-Felder ja nicht viel ausrichten. Wir konzentrieren uns auf das Stadtzentrum.«

»Sir, ich möchte nicht hartnäckig wirken, aber warum tun wir das?«

»Nicht willkürlich, Ozumi. Eine Landung soll vorbereitet werden. Der Krieg auf dem Planeten kann noch eine Weile anhalten. Diese Stadt, Centauri nennen sie sie, ist der Hauptseehafen und die Industriezentrale. Wir können nicht zulassen, daß sie Nachschub gegen unsere Kameraden liefert.«

»Frauen und Kinder –«

»Wenn der Feind vernünftig ist, hat er sie längst evakuiert«, sagte Munteanu knapp. »Mir ist es auch gleichgültig. Ich habe beim letztenmal einen Bruder verloren. An die Arbeit, meine Herren.«

Quenna flatterte langsam über dem Kanal an der Livewell Street. Es war Nacht geworden, eine klare Nacht, wie es sie im Delta-Winter nur selten gab. Deshalb, und wegen der Verdunklung, konnte sie Sterne sehen. Sie ängstigten sie. Es gab zu viele von den kalten, bösen Dingern. Und nicht nur das waren sie, hatte man ihr erzählt, sondern auch noch Sonnen. Der Krieg kam von ihnen, der Krieg, der alles durcheinanderbrachte.

Zu Anfang war es noch gut gewesen, viele Ythrier waren durchgekommen, mit Geld in den Taschen. Sie hatte alles vergessen können, außer der Schönheit der Männer – und dazwischen Schnaps und Rauschgift. Aber damit war es vorbei. Keine Marinesoldaten mehr, das Nest leer, Nacht für Nacht, bis sie es kaum noch aushalten konnte. Die schwarzen, stillen Nächte, das Alleinsein am Tag, das Geld dahin, bis sie kaum noch etwas zu essen kaufen konnte, geschweige denn eine Flasche oder Pillen gegen die schlechten Träume.

Irgend jemand mußte doch in der Stadt sein.

»Ich bin auch einsam«, rief sie. »Wer du auch bist, ich liebe dich.« Ihre Stimme klang zu laut in der reglosen, warmen Luft, über dem öligen Wasser und der verlassenen Straße, zwischen den schattenhaften Mauern und unter den schrecklichen kleinen Sternen.

»Vodan?« rief sie leiser. Sie erinnerte sich am besten an ihn. Er war zärtlich gewesen und hatte viel an seine Freundin gedacht. Aber sicher hatten die Sterne Vodan längst verschlungen.

Sie straffte den Kamm. Sie hatte ihren Stolz. Sie wollte sich von den nachtdunklen Straßen nicht ängstigen lassen. Bald kam die Dämmerung, und dann konnte sie schlafen.

Die Sonne flammte blitzschnell auf.

Einen Augenblick lang füllte sie den Himmel aus. Als ihre Augäpfel schmolzen, fing die Nacht Quenna auf. Sie wußte nichts davon, weil ihr Gefieder loderte. Ihr Schrei übertönte den nachfolgenden Knall, als superschnelle

Luftmoleküle die Nega-Felder durchdrangen, und sie merkte nicht, wie sie Trommelfelle zerrissen und Blutgefäße zerfetzten. In ihrem Schmerzdelirium gab es nichts mehr als den Kanal. Sie stürzte sich hinab, verfehlte ihn und fiel in ein Haus, das wie Zunder brannte. Es spielte keine Rolle, denn das Wasser im Kanal kochte.

Abgesehen von Fragen der Moral und des Kriegspotentials mußte der Angriff auf Centauri starke Kräfte der Avalonier binden, die zu Rettungs- und Hilfsarbeiten gebraucht wurden. Der Zeitpunkt war gut gewählt. Nur drei Stunden später setzte sich die erste Invasionswelle in Bewegung.

Rochefort und seine Leute saßen in einem Meteor-Raumboot und fegten hinab. Er vollführte Störmanöver für die Landeboote und feuerte auf die automatischen Stellungen. Als er von einem Ausfall nach Scorpeluna zurückkehrte, war der ganze Konvoi schon gelandet. Marinesoldaten und Techniker schwärmten aus. Die Patrouillenboote verdunkelten den Himmel. Ein paar atemlose Tage folgten. Die Hysterie lag nie weit unter der Haut entschlossenen Handelns. Wer wußte genau, was der Gegner noch präsentieren mochte?

Es kam nichts. Die Feld-Generatoren wurden montiert und eingeschaltet, Abwehrprojektoren und Raketen aufgestellt. Man errichtete Gebäude für Ausrüstung und Mannschaften. Und es kam kein Gegenangriff.

Aufklärer und Beobachtungen aus dem Weltraum berichteten von starker feindlicher Aktivität auf den anderen Kontinenten und auf den Inseln. Zweifellos wurde etwas vorbereitet, aber eine unmittelbare Bedrohung schien nicht zu bestehen.

Eine zweite Lücke im Abwehrring wurde geschaffen. Die zweite Welle kam herunter, ohne jede Gegenwehr. Der

Stützpunkt Scorpeluna breitete sich aus wie ein Tintenfleck.

Cajal, dessen Absichten nun deutlich erkennbar waren, ließ weitere Orbitalfestungen vernichten, um mehr Lücken zu schaffen. Danach zog er den Hauptteil seiner Flotte zurück. Er schickte einen Strom von Soldaten sowie Ausrüstung hinunter.

Die letzten Schiffe Avalons schoben sich näher heran, flüchteten vor Ausfällen, trieben sich wieder herum, Wölfe, zu abgemagert, um eine Bedrohung zu sein. Man befaßte sich nicht ernsthaft mit ihnen. Es kam in erster Linie darauf an, den stillschweigenden Waffenstillstand zu nutzen. Aus diesem Grund verzichteten die Truppen des Imperiums auf Offensiven. Sie gruben sich ein, wo sie waren, und bauten ihre Festung aus, bis sie sich nicht nur selbst verteidigen, sondern über ganz Avalon eine unbesiegbare Faust erheben konnten.

Da man wußte, daß Rochefort die Gunst des Großadmirals genoß, durfte er auf dem Planeten weiterhin Dienst tun. Weil kein Bedarf an Torpedobooten bestand, flog er mit einem Zweimann-Flitzer, einem besseren Grav-Schlitten, Erkundungsflüge.

Sein Partner war ein Marinekorporal, Achmed Nasution, neunzehn Standardjahre alt, frisch aus Neu-Djawa.

»Wissen Sie, Sir, alle haben mir erzählt, daß der Planet so herrlich sei«, sagte er: »Geh zur Marine und sieh das Universum, wie?«

»Dieses Gebiet ist nicht typisch dafür«, erwiderte Rochefort kurz. »Wie auch – für eine ganze Welt?«

Der Flitzer flog niedrig über dem Hochplateau von Scorpeluna dahin. Sie hörten nur das Surren des Antriebs und das Fauchen der Luft. Den Horizont umstanden Berggipfel, verschwommen blau und unwirklich. Dazwischen

Leere. Sträucher, überall, mit rötlichem Laub, auf harter, roter Erde. Das Land war eigentlich nicht flach. Es faltete sich zu Mesas und Klippen, öffnete sich zu großen Schrunden. In der Ferne konnte man ein paar sechsbeinige Tiere sehen, die im Schatten ihrer Parasolmembranen ästen. Sonst regte sich nichts außer dem Hitzeflimmern und Staubwirbeln.

»Wissen Sie, wann wir hier wegkommen?« fragte Nasution und griff nach einer Wasserflasche.

»Wenn wir soweit sind«, sagte Rochefort. »Nicht soviel trinken. Wir sind noch ein paar Stunden unterwegs.«

»Warum gibt der Feind nicht auf, Sir? Wir haben in unserem Zelt eine Sendung abgehört, in Inglisch. Ich konnte nicht alles verstehen, weil sie so komisch reden, man muß nachdenken, und inzwischen reden sie ja weiter. Mein Gott, wir wollen ihnen doch nichts tun, Sir. Können sie nicht vernünftig sein und –«

»Sh!« Rochefort hob den Arm. Sein Funkmonitor hatte einen Ruf aufgefangen. Er schaltete um.

»Hilfe! O Gott, helft doch! – Technikergruppe Drei ... wilde Tiere ... etwa vierunddreißig Kilometer nordnordwestlich vom Lager – Hilfe!«

Rochefort legte den Flitzer auf die Seite.

Er brauchte nur Minuten. Der Trupp, zehn Männer mit einem Bodenfahrzeug, hatte geologische Untersuchungen vorgenommen, um die Anlegung eines Raketensilos zu prüfen. Sie waren bewaffnet, hatten aber außer Beschwerlichkeit nichts erwartet. Das Rudel hundegroßer sechsbeiniger Springer überraschte sie ein paar hundert Meter von ihrem Fahrzeug entfernt.

Zwei Männer waren niedergerissen worden und wurden zerrissen. Drei waren entsetzt davongerannt und einzeln umringt worden. Rochefort und Nasution sahen, wie einer überwältigt wurde. Die anderen standen Rücken an Rükken und schossen unaufhörlich. Die Tiere mit den Schuppenkörpern schienen fast nicht totzukriegen zu sein. Halb zerschossen schleppten sie sich weiter.

Rochefort schrie in sein Mikrofon um Unterstützung, fegte herab und feuerte. Nusution weinte, leistete aber mit seiner Waffe gute Arbeit. Trotzdem kamen noch zwei Mann um, bevor die Lykosaurier unschädlich gemacht waren.

Danach bekam jede Gruppe, die das Lager verließ, eine fliegende Eskorte, wodurch anderswo die Arbeiten behindert wurden.

»Nein, Doktor, ich glaube nicht mehr daran, daß das psychogenisch ist.« Der Major schaute zum Fenster des Krankenreviers hinaus auf einen unnatürlich schnellen Sonnenuntergang, dem ein Staubsturm die Farbe gestockten Bluts verlieh. Die Nacht würde Erleichterung von der gräßlichen Hitze bringen – in Gestalt eisiger Kälte. »Das habe ich zuerst auch geglaubt. Ihre Psychodrogen helfen aber nicht mehr. Immer mehr Männer zeigen diese Symptome, wie Sie vermutlich besser wissen als ich. Bauchschmerzen, Durchfall, Muskelschmerzen, mehr Durst, als selbst bei dieser Trockenheit erklärbar ist. Vor allem aber Zittern und Schwindel. Ich will lieber nicht davon anfangen, was ich heute verbockt habe.«

»Ich habe dieselben Schwierigkeiten beim Denken.« Der Arzt fuhr mit der Hand über seine Stirn. »Verschwommenes Sehen auch? Ja.«

»Haben Sie schon an ein Gift in der Umgebung gedacht?«

»Gewiß. Sie sind nicht bei der ersten Welle gewesen, Major. Aber ich. Alle Informationen lassen erkennen, daß Avalon einigermaßen ungefährlich ist. Wir prüften trotzdem alles, als wir gelandet waren.«

»Sollte man nicht Gefangene verhören?«

»Das ist geschehen, aber wer außer einigen Spezialisten versteht etwas von der entlegensten Gegend eines ganzen Kontinents, auf dem niemand wohnt?«

»Und diese Spezialisten haben die Avalonier natürlich sorgsam versteckt.« Der Major atmete tief ein. »Was hat Ihr Team gefunden?«

Der Arzt griff nach einer Stimulanspille.

»Es gibt eine hohe Konzentration von äh, Metallen, von schweren Metallen im Boden. Aber kein Grund zur Besorgnis. Man kann den Staub jahrelang einatmen, bevor man Behandlung braucht. Die Sträucher verwenden diese Elemente für ihren Metabolismus. Man warnte uns davor, die Blätter zu kauen oder zu verbrennen. Keine organischen Verbindungen sind als Reizstoffe erkannt worden. Die Biochemie der Menschen und Ythrier ist so verwandt, daß beide fast alles gemeinsam essen können. Glauben Sie nicht, daß der Durchschnittskolonist wenigstens etwas davon gehört haben müßte, wenn es hier etwas spektakulär Tödliches geben würde? Ich bin von Terra – mittlere Westküste von Nordamerika – mein Gott –« Ein paar Sekunden lang war er weit von Scorpeluna entfernt. Er schüttelte sich. »Wir haben zwischen Oleander gelebt, ihn wegen seiner Blüten gezüchtet. Oleander ist giftig. Man muß nur aufpassen.«

»Irgendeinen Grund muß es geben«, sagte der Major.

»Wir suchen danach«, antwortete der Arzt. »Wenn jemand vorausgesehen hätte, daß der Planet militärisch von Bedeutung sein könnte – er wäre gründlich studiert worden, bevor wir einen Krieg zugelassen hätten – zu spät.«

Gelegentlich fegten kleine avalonische Boote zwischen den Blockadeschiffen hindurch. Die Hälfte wurde zerstört, die anderen kamen durch. Man wußte, daß sie Botschaften mit dem Boden austauschten.

»Offenbar besprechen sie ein Manöver«, fauchte Cajal seinen Stab an. »Wenn wir sie zu jagen versuchen, verschwinden sie zwischen den Asteroiden und Monden. Ich lasse mich nicht ablenken. Wir halten hier unsere volle Stärke.«

Eine zunehmende Menge von Beobachtungen, auf Land und See, unter dem Meer und am Himmel, ergab, daß die Kolonisten sich endlich bereitmachten, zu ihrem Gegenschlag auszuholen.

Rochefort hörte das Kreischen fast eine Minute lang, bevor er reagierte. Was ist denn los mit mir? zuckte es durch sein Gehirn. Seine Muskeln protestierten, als er den Flitzer herumlenkte. Seine Finger lagen gefühllos am Instrumentenbrett. Nasution neben ihm hing schlaff und stumm im Sitz, wie schon seit Tagen – Wochen? Jahren? Sein Gesicht war eingefallen und in der unteren Hälfte mit schwarzem Flaum bedeckt.

Trotzdem kam Rocheforts Fahrzeug rechtzeitig, um denen zu helfen, die über einer Bodenpatrouille schwebten. Dort konnte er aber nicht mehr ausrichten als sie. Energiewaffen vernichteten blitzartig Hunderte der kakerlakenartigen Wesen, zwanzig Zentimeter lang, deren Schwärme den Boden zwischen den Sträuchern schwärzten. Sie konnten die Männer nicht retten, auf die sich die Käfer schon gestürzt hatten. Rochefort vermied es, darauf zu achten, welche Flitzerpiloten von oben den Gnadenschuß gaben. Er selbst ging tiefer hinunter und holte die Überlebenden an Bord. Nasution war nach dem, was er gesehen hatte, so krank, daß er ihm nicht helfen konnte.

Die Kakerlaken schwärmten aus und auf den Stützpunkt zu. Sie konnten nicht fliegen, liefen aber erstaunlich schnell. Es bedurfte aller Anstrengungen, einen Flammenkordon gegen sie zu errichten.

Inzwischen landeten die Avalonier in ganz Äquatoria. Sie schwärmten so schnell aus, daß eine Bombardierung erfolglos gewesen wäre. Alle, die Scorpeluna erreichten, waren Ythrier.

Die leitenden Offiziere für Medizin und Planetologie standen ihrem Kommandeur gegenüber. Draußen tobte ein Äquinoktialsturm. Die Hitze schien in gigantischen Wellen anzubranden.

»Ja, Sir«, sagte der Arzt im Range eines Konteradmirals. »Wir haben den klaren Beweis.« Er seufzte. »Wenn wir bessere Ausrüstung hätten, mehr Personal – Nun, das hebe ich mir für die Untersuchungskommission oder für das Kriegsgericht auf. Tatsache bleibt, daß wir durch unzureichende Informationen in eine Todesfalle geraten sind.«

»Zu viele Welten.« Der zivile Planetologe schüttelte den Kopf. »Jede zu groß. Wer kann alles wissen?«

»Während Sie diskutieren, liegen Männer in Delirium und Krämpfen«, sagte der Kommandeur. »Jeden Tag werden es mehr. Reden Sie endlich vernünftig.«

»Wir vermuteten natürlich Schwermetall-Vergiftung«, sagte der Arzt. »Wir haben immer wieder Untersuchungen angestellt. Die Konzentration schien sich stets in vertretbaren Grenzen zu halten. Über Nacht aber –«

»Schon gut«, unterbrach der Planetologe. »Hier sind die Ergebnisse. Diese Sträucher, die hier überall wachsen . . . wir wußten, daß sie Elemente wie Arsen und Quecksilber aufnehmen. Die Literatur beschreibt die Höllensträucher mit Bildern und erwähnt, daß sie giftige Dämpfe abgeben. Was wir nicht wußten, ist, daß es sich hier um eine Abart davon handelt. Der Strauch sieht aber ganz anders aus.

Denken Sie an Rosen und Äpfel. Außerdem wußten wir nicht, wie das Toxin der beschriebenen Art wirkt, geschweige denn das hier. Die Informationsmengen aller Wissenschaften –« Er verstummte.

Der Arzt ergriff wieder das Wort.

»Die Dämpfe enthalten die Metalle in lockerer Verbindung mit ... mit Molekülen, von denen ich bisher nichts wußte. Ihre Wirkung – nun, sie blockieren gewisse Enzyme. Damit werden praktisch die Schutzfunktionen des Körpers außer Kraft gesetzt. Es werden keinerlei Metallatome mehr ausgeschieden. Jedes Mikrogramm fließt den wichtigen Organen zu. Inzwischen wird der Patient zusätzlich geschwächt dadurch, daß sein Proteinhaushalt nicht funktioniert. Die Wirkungen kumulieren. Schlagartig wird eine Schwelle überschritten.«

»Ich – verstehe –«, sagte der Kommandeur.

»Wir leitenden Offiziere sind noch nicht in schlechter Verfassung«, sagte der Planetologe. »Unser Personal auch nicht. Wir sind kaum im Freien. Die Soldaten jedoch –« Er rieb sich die Augen. »Nicht, daß ich mich als gesund bezeichnen möchte.«

»Was schlagen Sie vor?«

»Abrücken«, sagte der Arzt. »Und ich empfehle es nicht, ich sage Ihnen, wir haben keine andere Wahl. Unsere Leute müssen schleunigst in richtige Behandlung.«

Der Kommandeur nickte.

»Wir können morgen nicht starten, die meisten Schiffe sind im Weltraum. Außerdem würde uns ein panikartiger Rückzug zu Schießscheiben für die Avalonier machen. Aber wir sorgen dafür, daß die schlimmsten Fälle herausgeholt werden, während wir alle anderen ins Lager zurückrufen. Wir lassen die Schiffe der Reihe nach herunterkommen.« Er konnte das Zucken in seiner Oberlippe nicht unterdrücken.

Als sich die Truppen des Imperiums zurückzogen, schlug der Gegner zu.

Er feuerte keine Boden-Boden-Rakete ab, sondern man errichtete Stellungen dafür auf dem ganzen Kontinent. Es war nicht schwer. Man interessierte sich nur für Waffen mit kurzer Reichweite, die nicht viel mehr benötigten als Abschußrampen, und für Flugzeuge, die kaum mehr brauchten als Wartungsschuppen. Das größte Unternehmen war die Montage von schweren Energieprojektoren auf den Gipfeln über Scorpeluna.

Inzwischen führten die Ythrier auf dem Plateau einen Guerillakrieg. Sie waren dem Toxin gegenüber weit weniger empfindlich und brauchten keine Raumanzüge wie die Gegner. Da sie Flügel hatten, brauchten sie nicht in Maschinen zu sitzen, die man mit Radar, Gravar und Magnetoskopen orten konnte. Statt dessen konnten sie aus der Deckung springen, Granaten auf ein Fahrzeug schleudern, Flitzer beschießen und verschwinden, bevor man zurückschlagen konnte.

Auch sie erlitten natürlich Verluste.

Draun von Highsky fegte von einem Grat hinab auf die Wüste. In einer Schlucht wankte eine terranische Abteilung zurück zum Lager.

Die Waffe in Drauns Hand ratterte. Er und seine Genossen fegten heran, schossen, schwangen sich hinauf. Draun sah Männer wie Säcke fallen. Dann drehte er sich um und mußte zusehen, wie Nyesslan, sein ältester Sohn, die Hoffnung seines Hauses, mit einem halb zerschossenen Flügel hinabflatterte. Das Geschwader der Ythrier rauschte vorbei. »Ich komme, Sohn!« Draun sank neben ihm herab. Nyesslan war bewußtlos. Sein Blut färbte den Staub. Ein Trupp Terraner stürmte auf Draun zu. Er stand über Nyesslan und feuerte, solange er konnte.

»Alles beseitigen, was sie noch in Umlaufbahnen haben«, sagte Cajal. »Wir brauchen Platz für unsere Transportschiffe.«

Sein Stabschef räusperte sich.

»Hr-r-m, der Admiral weiß Bescheid über die feindlichen Schiffe?«

»Ja, sie beschleunigen planetenwärts. Es ist klar, daß alle, die landen können, darauf hoffen; die anderen wollen stören.«

»Sollten wir nicht für ein Abfangmanöver sorgen?«

»Wir können es uns nicht leisten. Die Forts zu evakuieren, wird unsere Magazine leeren. Unsere erste Pflicht ist, die Leute aus dem Schlamassel zu befreien, in das wir – ich – sie geschickt habe.« Er richtete sich auf. »Fangen wir von den Avaloniern ab, soviele wir auf normale Weise zu fassen vermögen, die anderen müssen wir leider ziehen lassen.«

Die tropischen Stürme Avalons waren heftiger, als jemand, der von einem Planeten mit geringerer Strahlung und langsamerer Rotation kam, es sich hatte vorstellen können. Einen Tag und eine Nacht lang wurde die Verschiffung der kränksten Männer verschoben. Außer der Möglichkeit, daß man einen Transporter verlor, gab es die Gewißheit, daß der peitschende Regen einige von den Patienten töten würde, wenn man sie zum Schiff trug.

Die mehr oder weniger Gesunden, vor kurzem gelandet, versuchten sich durch Laubdächer zu schützen. In allen Schluchten rauschten Sturzfluten.

All das betraf Rochefort nicht. Er befand sich in einem Zwischenstadium, zu krank für den Dienst, zu gesund für sofortigen Abtransport. Er kauerte auf einem Stuhl zwischen Hunderten seiner Kameraden, in einem stinkenden, dampfenden Bunker, und versuchte, mit dem Frösteln und der Übelkeit fertig zu werden. Manchmal dachte er verschwommen an Tabitha Falkayn, manchmal an Achmed Nasution, der vor drei Tagen gestorben war.

Die durchgekommenen avalonischen Raumschiffe landeten auf Äquatoria, eingewiesen von Heimwehr-Offizieren.

Der Sturm tobte sich aus und erstarb. Die ersten Schiffe des Imperiums hoben ab. Es waren Kriegsschiffe, die den Weg für die vollgestopften Sanitätsschiffe bahnen sollten.

Avalons Boden- und Luftabwehr eröffnete das Feuer. Die Raumflotte Avalons griff ein.

Daniel Holm saß vor einer Kamera. Sein Schädel und seine Worte wurden über die stärksten Sender des Planeten übertragen.

»– wir schneiden ihnen den Fluchtweg ab. Ihr könnt uns nicht so rechtzeitig vernichten, daß ihr retten könnt, was wir für eine Viertelmillion Mann halten. Selbst wenn wir nicht Widerstand leisteten, käme etwa die Hälfte nicht davon, bis sie der richtigen Behandlung zugeführt werden können. Und an die anderen denke ich ungern – organische, nervliche, Gehirnschäden, unheilbar.

Wir können sie retten. Wir von Avalon. Wir haben alles dafür vorbereitet, auf dem ganzen Planeten. Lazarette, Betten, Krankenpfleger, Diagnoseeinrichtungen, Drogen, Apparaturen. Wir würden Ihre Prüfkommissionen begrüßen. Wir haben nicht die Absicht, mit lebendigen Menschen politisches Vabanque zu spielen. Sobald Sie sich bereit erklären, den Waffenstillstand zu erneuern und Ihre Flotte so weit zurückzuziehen, daß wir uns auf unser Frühwarnsystem verlassen können, werden unsere Rettungsmannschaften in derselben Minute nach Scorpeluna fliegen.«

18

Die Station war sauber und gut geführt, aber man mußte vierzig Mann hineinzwängen, und es gab keinen Bildschirm – nicht, daß die Lokalprogramme die Mehrheit interessiert hätten. Es gab also keinen anderen Zeitvertreib als Lesen und Meckern. Eine Mehrheit entschied sich für Letzteres. Rochefort verlangte schließlich Ohrschalen, um in Ruhe lesen zu können. Er trug sie fast Tag und Nacht.

So hörte er den Jubelchor nicht. Jemand berührte ihn an der Schulter. Was? dachte er. Schon Essenszeit? Er hob den Blick von seinem Buch und sah Tabitha.

Das Herz in ihm machte einen Sprung und begann zu rasen. Seine Hände zitterten so, daß er kaum die Schalen abnehmen konnte.

»Tabby«, flüsterte er und griff nach ihr.

Sie nahm seine Hände, drückte sie aber nicht und lächelte nur schwach.

»Hallo, Phil«, sagte sie leise. »Du siehst besser aus, als ich dachte.«

»Du hättest mich am Anfang sehen sollen. Wie ist es dir ergangen? Wie geht es allen?«

»Mir geht es gut, wie den meisten, die du kennst. Draun und Nyesslan sind tot.«

»Das tut mir leid«, log er.

Tabitha ließ seine Hände los.

»Ich wäre früher gekommen«, sagte sie, »aber ich mußte auf Urlaub warten. Ich war aber überzeugt davon, daß du auf Avalon bist, tot oder lebendig. Schön, zu sehen, daß es lebendig ist.«

»Wie konnte ich – von dir fortbleiben?«

Sie senkte den Blick.

»Wie geht es dir wirklich?«

»Wenn ich kräftiger bin, wollen sie mich in ein reguläres

Lazarett des Imperiums verlegen, meine Leber herausnehmen und mir eine neue nachwachsen lassen. Ich brauche vielleicht ein Terra-Jahr, um wieder ganz gesund zu werden. Man hat es mir aber versprochen.«

»Wunderbar.« Es klang pflichtartig. »Wirst du gut behandelt?«

»Recht gut, den Umständen entsprechend. Ich war aber sehr einsam, Tabby, bevor du gekommen bist.«

»Ich versuche, dich wieder zu besuchen. Ich bin im aktiven Dienst und muß oft nach St. Li.«

Schwäche durchflutete ihn.

»Tabby – würdest du dir überlegen – dieses Jahr zu – warten?«

Sie schüttelte langsam den Kopf und erwiderte seinen Blick.

»Vielleicht sollte ich dir etwas vorspielen, bis es dir besser geht, Phil, aber das kann ich nicht, und außerdem hast du etwas Besseres verdient.«

»Nach dem, was ich getan habe –«

»Und ich.« Sie legte die Hände auf seine Schultern. »Nein, deshalb haben wir nicht gehaßt, oder?«

»Können wir dann nicht beide verzeihen?«

»Ich glaube, das haben wir schon getan. Aber verstehst du nicht? Als der Schmerz nachließ und ich wieder denken konnte, sah ich, daß nichts geblieben war. O ja, Freundschaft, Respekt, Erinnerungen. Aber das ist alles.«

»Ist es nicht genug – um darauf aufzubauen?«

»Nein, Phil. Ich verstehe mich jetzt besser als vorher. Wenn wir es versuchten, weiß ich, was ich dir früher oder später antun würde. Und das will ich nicht. Was wir hatten, soll rein bleiben.«

Sie küßte ihn zart.

Sie unterhielten sich verlegen noch eine Weile, bis er sie mit der nicht ganz unwahren Behauptung fortschicken konnte, er müsse ruhen. Als sie fort war, schloß er die Augen, nachdem er die Ohrenschalen wieder angelegt hatte.

Wahrscheinlich hat sie recht, dachte er. Und mein Leben ist nicht verdorben. Ich werde auch darüber hinwegkommen, nehme ich an. Er erinnerte sich an ein Mädchen in Fleurville.

Tabitha legte draußen den Grav-Gürtel an. Sie atmete die kühle Luft tief ein. Nach Äquatoria wirkte sie berauschend. Oder sollte es. Sie kam sich leer vor.

Flügel klatschten. Ein Ythrier landete vor ihr.

»Guten Flug, Hrill«, grüßte er.

Tabitha blinzelte.

»Wer – ?« Sie erkannte sie. »Eyath! Gute Landung.« Wie bedrückt und grau sie wirkt, dachte sie. Sie griff nach Eyaths Hand. »Das ist wunderbar, Liebes, ist es dir gut gegangen?«

Eyaths Haltung und die Membranen über ihren Augen antworteten. Tabitha umarmte sie.

»Ich habe dich gesucht«, murmelte Eyath.

»Was kann ich für dich tun?«

»Es ist schwer.« Eyath ließ den Kopf sinken. »Arinnian ist auch hier. Schon seit einiger Zeit, im Stab seines Vaters. Ich suchte ihn auf, und –« Ein erstickter Laut, denn Ythrier weinen nicht.

»Er geht dir aus dem Weg«, riet Tabitha.

»Ja. Er versucht, gütig zu sein. Das ist das Schlimmste, er muß sich Mühe geben.«

»Nach allem, was geschehen ist –«

»Ka-a-a-h. Ich bin nicht mehr dieselbe für ihn.« Eyath nahm sich zusammen. »Ich für mich auch nicht. Aber ich hatte gehofft, Arinnian würde es besser verstehen als ich.«

»Ist er der einzige, der dir helfen kann? Was ist mit deinen Eltern, Geschwistern, Chothgenossen?«

»Sie haben sich mir gegenüber nicht verändert. Warum auch? In Stormgate betrachtet man ein Unglück wie das meine als genau das, ein Unglück, keine Entehrung. Sie können nicht verstehen, was ich empfinde.«

»Und du empfindest es wegen Arinnian. Verstehe. Was kann ich tun?«

»Ich weiß nicht, vielleicht gar nichts. Aber wenn du mit ihm sprechen könntest – ihm erklären – ihn für mich bitten –«

»Bitten?« sagte Tabitha zornig. »Wo ist er?«

»Im Dienst, nehme ich an. Seine Wohnung –«

»Ich kenne die Adresse.« Tabitha stand auf. »Komm. Nichts mehr wird geredet. Wir unternehmen einen weiten Flug bei diesem herrlichen Wetter, bis du erschöpft bist, dann legst du dich hin und schläfst.«

– Die Dämmerung fiel, safranfarben über silbernem Wasser, anderswo tiefblau mit frühen Sternen. Tabitha landete vor Arinnians Tür. Seine Fenster glommen. Sie berührte die Gongplatte nicht, sondern schlug mit der Faust an die Tür.

Er öffnete. Sie sah, daß auch er mager geworden war, mahagonifarbenes Haar über müdem Gesicht.

»I- Ich . . . das hätte ich nie – komm rein, komm rein.«

Sie ging an ihm vorbei und fuhr herum. Er trat unsicher auf sie zu.

»Ich, ich bin froh, dich zu sehen, Hrill«, stammelte er.

»Ich weiß nicht, ob ich das zurückgeben kann«, fauchte sie. »Setz dich. Ich muß dir einiges unter die Nase halten, du scheinheiliger Trottel.«

Er blieb noch einen Augenblick stehen, dann gehorchte er. Sie sah seine Betroffenheit und fand plötzlich keine Worte. Sie sahen einander minutenlang stumm an.

Daniel Holm saß vor den Bildschirmen, die Liaw von The Tarns, Matthew Vickery vom Parlament und Juan Cajal vom Imperium zeigten. Ein vierter war eben erloschen. Er hatte eine Botschaft von Trauvay von Ythri gebracht, Avalon solle endlich nachgeben, damit die Domäne nicht einen strengeren Friedensvertrag gewärtigen müsse.

»Sie haben es gehört, Sirs?« sagte Cajal.

»Wir haben es gehört«, sagte Liaw.

»Was sagen Sie dazu?« fragte Cajal wie ein alter Mann.

»Wir wünschen keinen Kampf«, erklärte Liaw. »Wir wollen das Leid unserer Brüder auch nicht verlängern. Wir können aber nicht hergeben, was unser Volk so teuer erkauft hat.«

»Marchwardener Holm?«

»Sie greifen nicht an, solange wir Ihre Leute hier haben«, sagte Holm rauh. »Nicht, daß wir sie ewig hierbehalten. Ich sagte schon einmal, wir machen denkende Wesen nicht zu Handelsobjekten. Trotzdem müssen Zeitpunkt und Umstände ihrer Freigabe besprochen werden.«

»Präsident Vickery?« sagte der Admiral.

»Die Ereignisse haben mich gezwungen, meine Meinung hinsichtlich der strategischen Lage zu revidieren, Admiral«, sagte der Politiker. »Ich bin weiterhin gegen absolutistische Ideen. Mein geschätzter Kollege, Gouverneur Saracoglu, hat mich stets mit seiner Vernunft beeindruckt. Sie sind von einer Besprechung mit ihm zurückgekommen. Zweifellos haben viele intelligente, informierte Leute daran teilgenommen. Hat sich nicht die Möglichkeit für einen Kompromiß ergeben?«

Cajal erschlaffte.

»Ich könnte tagelang verhandeln und hinhaltend taktieren«, sagte er. »Was hat das für einen Zweck? Ich lege Ihnen sofort das Maximum dessen vor, was ich anbieten darf.«

Holm umklammerte die Sessellehnen.

»Der Gouverneur hat betont, daß Avalon unterstellt werden kann, es habe bereits die meisten Bedingungen des Waffenstillstandes erfüllt«, sagte Cajal leise. »Die Orbitalfestungen gibt es nicht mehr. Die Raumflotte ist ein Fragment, dessen Beschlagnahme für Sie nicht mehr ins Gewicht fiele. Vor allem befinden sich Einheiten des Imperiums jetzt auf Ihrem Planeten.

Es bleiben nur einige technische Einzelheiten. Unsere Verwundeten und die Ärzte müssen die Bezeichnung ›Besatzungstruppen‹ erhalten. Ihre militärischen Einrichtungen müssen einem Kommando unterstellt werden; ein, zwei Mann pro Station erfüllen diese Bedingung, stellen aber keine Bedrohung dar, falls der Waffenstillstand zusammenbrechen sollte. Et cetera. Sie verstehen.«

»Man will das Gesicht wahren«, knurrte Holm. »Aha. Warum nicht? Und danach?«

»Der Friedensvertrag muß erst formuliert werden«, sagte Cajal erschöpft. »Ich kann Ihnen streng vertraulich sagen, daß Gouverneur Saracoglu dem Imperium dringend nahegelegt hat, Avalon nicht zu annektieren.«

Vickery begann wild zu plappern. Liaw erstarrte. Holm stieß den Atem aus und lehnte sich zurück.

Sie hatten es geschafft. Sie hatten es tatsächlich geschafft.

Die Verhandlungen würden natürlich weitergehen. Immer weiter und weiter, über die winzigsten Einzelheiten. Egal. Avalon würde ythrisch bleiben – es würde die Freiheit behalten.

Ich müßte jubeln, dachte Holm. Vielleicht später. Bin zu müde.

Sein tiefstes Glücksgefühl rührte von dem Wissen her, daß er heute abend zu Rowena zurückkehren konnte.

19

Es gab keine schlagartigen Erkenntnisse, keine dramatischen Offenbarungen und Versöhnungen. Aber Arinnian sollte sich an eine bestimmte Stunde erinnern.

Die Arbeit für seinen Vater war nicht mehr anstrengend. Er wußte, daß er die freie Zeit dazu nützen sollte, sich wieder um seine Studien zu kümmern, aber er sagte sich, nichts sei unpraktischer als fehlgeleiteter Sinn für das Praktische. Tabitha stimmte zu. Sie gehörte nur noch zum Reservedienst. Sie mußte aber noch einmal auf die Insel, um alles zu ordnen. Er konnte aus Gray nicht fort.

Er rief Eyath in ihrem gemieteten Zimmer an.

»Äh, hättest du, äh, Lust zum Segeln?«

Ja, sagte sie mit allen Federn.

Die Bedingungen waren nicht gut. Als das Boot die Bucht verließ, begann es zu regnen.

»Sollen wir weitermachen?« fragte er.

»Ich möchte gerne, ja. Es ist so friedlich.«

Er nickte.

»Du wolltest mir etwas sagen«, sagte sie mit zwei Worten und ihrem Körper.

»Ja. Gestern nacht, bevor sie ging –« In Planha brauchte er nicht mehr zu sagen.

»Freund, Freund«, hauchte sie. »Ich freue mich.« Sie streckte halb die Flügel nach ihm aus und zog sie wieder zurück.

»Für immer«, sagte er staunend.

»Ich hätte dir nichts Besseres wünschen können als Hrill«, erwiderte Eyath. »Du bist aber immer noch unruhig.«

Er biß sich auf die Unterlippe.

Eyath wartete.

»Sag es mir«, stieß er endlich hervor. »Du siehst uns von außen. Kann ich sein, was sie verdient?«

Sie antwortete nicht sofort. Arinnian sah sie an.

»Ich glaube, sie kann dich dazu bringen«, sagte Eyath nach einer langen Pause. »Ich hatte schon seit langem das Gefühl, daß du jemanden wie Hrill brauchst, der dir zeigt, daß – der dir zeigt, wie – was für mein Volk falsch ist, ist Sinn und Zweck des Lebens für dich.«

»Theoretisch wußte ich das«, sagte er. »Jetzt ist es durch sie Wirklichkeit geworden. Ich war vorher eifersüchtig, ja, bin es noch, werde es vielleicht immer sein. Sie ist aber alles wert, was es kostet. Was ich lerne, Eyath, meine Schwester, ist, daß sie nicht du ist und du nicht sie, und es ist gut, daß ihr beide seid, was ihr seid.«

»Sie hat dir Weisheit gegeben.«

Arinnian sah ihr Leid und rief: »Ich will dir das Geschenk weiterreichen. Was du erlebt hast –«

Sie hob den Kopf und sah ihn wild an.

»War es schlimmer als das, was sie erlebte?« fragte er. »Ich verlange für vergangene Dummheiten kein Mitleid, aber ich glaube, für mich war es schwerer als für euch beide. Was habe ich an Jahren verschwendet in dem Glauben, körperliche Liebe könne je etwas Schlimmes sein, könne wirklich unterschieden sein von dem, was ich für dich empfinde, Eyath. Jetzt müssen wir zusammenfinden. Ich möchte, daß du meine Hoffnung teilst.«

Sie sprang von der Kabine herab, wankte auf ihn zu und umschloß ihn mit den Flügeln. Sie legte ihren Kopf an seine Schulter. Auf ihrem Gefieder glitzerten Regentropfen wie Edelsteine.

Der Vertrag wurde an einem Spätwintertag in Fleurville unterzeichnet. Man verzichtete auf große Zeremonien, und die ythrische Delegation entfernte sich sofort.

»Nicht in tiefem Zorn«, sagte Ekrem Saracoglu zu Luisa Cajal. »Sie tragen ihren Verlust eher mit stoischer Haltung. Wir konnten aber nicht gut verlangen, daß sie an unseren Ritualen teilnehmen.« Er sog an seiner Zigarre. »Ich war froh, als ich es hinter mir hatte.«

Das war gestern gewesen. Das Wetter blieb auch an diesem nachfolgenden Nachmittag mild, und Luisa kam zum Essen.

Sie gingen im Garten spazieren, wie schon so oft.

»Außerdem war es eine Erleichterung, den Sprecher für Avalon und seine Begleiter wieder ins Raumschiff steigen zu sehen«, meinte Saracoglu. »Die Geheimdienstleute, von denen ich sie bewachen ließ, waren überglücklich.«

»Wirklich?« Sie sah ihn an. »Ich hatte gehört, daß man Attentatsdrohungen gegen sie ausgestoßen hatte. Hast du dir wirklich Sorgen gemacht?«

Er nickte.

»Ich kenne meine Esperancier.«

»Werden die beiden Seiten je vergessen können?« fragte sie.

»Nein, das glaube ich nicht. Wir haben aber zu viele gemeinsame Interessen, Terra und Ythri, und es wird sicher keine Blutfehde auf Ewigkeit werden. Hoffe ich.«

»Wir waren aber großzügiger, als wir es hätten sein müssen, nicht wahr? Wir haben ihnen Avalon gelassen. Zählt das nicht?«

»Es müßte zählen.« Saracoglu grinste. »Avalon hat sich als unverdaubar erwiesen, vergessen wir das nicht. Eine Annexion hätte endlose Probleme aufgeworfen, während Avalon als bloße Enklave keine Schwierigkeiten macht. Außerdem hat das Imperium dadurch wertvolle Punkte hinsichtlich des Handels gewonnen.«

»Ich weiß«, sagte sie.

»Ich rede eben gerne«, meinte er lachend.

»Ich würde Avalon gerne besuchen.«

»Ich auch, schon aus soziologischem Interesse. Ich frage mich, ob dieser Planet nicht die ferne Zukunft ankündigt.«

»Wie das?«

»Die bi-rassische Kultur, die dort geschaffen wird. Oder dieser Schöpfungsakt selbst. Man kann eine neue Strömung in der Geschichte nicht planen. Ich frage mich, ob das nicht die Quelle für ihren Widerstand gewesen ist – wie eine Legierung oder ein Zweiphasen-Stoff, viel stärker als jeder der Bestandteile einzeln. Wir haben eine Galaxis, einen Kosmos auszufüllen –« Er machte eine Pause. »Na, das werde ich nicht mehr erleben. Nicht einmal die Probleme, die sich daraus ergeben, daß wir Avalon bei Ythri gelassen haben.«

»Und das wären?«

»Die Avalonier, beide Rassen, werden sich ythrischer vorkommen als die Ythrier selbst. Zukünftige Generationen werden die Domäne mit einem übernormalen Anteil versorgen, vor allem auch an Admiralen. Hoffen wir, daß sich daraus kein Revanchismus entwickelt. Und unter friedlichen Bedingungen wird Avalon in seiner einmaligen Lage mehr Handel an sich ziehen, als das jetzt noch vorstellbar ist. Die Auswirkungen kann man noch nicht voraussehen.«

»Ich bin froh, daß ich kein Staatsmann bin«, sagte sie.

»Nicht halb so froh wie ich«, erwiderte er. »Komm, hören wir auf damit. Reden wir lieber über deinen Besuch auf Avalon. In ein paar Monaten läßt sich das einrichten.«

Sie drehte den Kopf weg.

Er blieb stehen.

»Was ist los?« fragte er erschrocken.

»Ich gehe, Ekrem«, sagte sie. »Bald. Für immer.«

»Was?«

»Vater. Er hat heute seinen Rücktritt eingereicht.«

»Ich weiß, daß ihn – bösartige Anschuldigungen geplagt haben. Du erinnerst dich, daß ich an die Admiralität geschrieben habe.«

»Ja. Das war lieb von dir.« Sie sah ihn an.

»Nicht mehr als meine Pflicht, Luisa.« Die Angst ließ ihn nicht los, aber seine Stimme klang fest. »Das Imperium braucht gute Männer. Niemand hätte die Katastrophe von Scorpeluna vorhersehen können, niemand mehr tun können als Juan Cajal. Es ist Unfug, ihm mit dem Kriegsgericht zu drohen, und ich versichere dir, daß da nichts zu befürchten ist.«

»Aber er gibt sich selbst die Schuld«, rief sie leise.

Darauf weiß ich keine Antwort, dachte er.

»Wir kehren nach Nuevo México zurück«, sagte sie.

»Mir ist klar, daß ihm diese Szenen schmerzlich sein müssen«, sagte er. »Mußt du wirklich fort?«

»Wen hat er sonst?«

»Mich. Ich werde wohl irgendwann nach Terra zurückgerufen werden –«

»Es tut mir leid, Ekrem. Auch Terra würde nichts nützen. Ich lasse nicht zu, daß er sich alleine zermürbt. Zu Hause, bei seinen eigenen Leuten, wird es besser sein.« Sie lächelte zaghaft. »Ich habe selbst ein bißchen Heimweh. Besuche uns einmal.« Sie wählte ihre Worte. »Zweifellos werde ich heiraten. Wenn es dir recht ist, möchte ich einen Jungen nach dir nennen.«

»Es würde mich mehr ehren als alles, was mir der Kaiser anbieten könnte«, sagte er automatich. »Wollen wir hineingehen? Es ist vielleicht noch ein wenig früh für Alkohol, aber das ist auch eine besondere Gelegenheit.«

Nun ja, dachte er, der Tagtraum war ein angenehmer Gast, aber jetzt bin ich befreit von den Verpflichtungen eines Gastgebers. Ich kann aufatmen und mich den Spielen widmen, die darin bestehen, Gouverneur zu sein, Ritter,

Lordberater, älterer Staatsmann, der seine endlosen Memoiren schreibt.

Morgen muß ich die hiesigen Aussichten prüfen, die hübsche und willige Damen bieten. Immerhin ist man nur einmal ältlich.

Der Sommer herrschte in Gray, als Avalon die Nachricht erhielt. Es hatte Sorgen gegeben – wer wollte dem Imperium wirklich trauen? – und so explodierte die Freude unter der menschlichen Bevölkerung in einem Fest.

Christopher Holm und Tabitha Falkayn ließen den fröhlichen Trubel bald hinter sich. Ankündigungen, Zeremonien und Feste hatten Zeit; sie hatten beschlossen, daß die Nacht des endgültigen Friedens ihre Hochzeitsnacht sein sollte.

Trotzdem hatten sie es nicht eilig. Das war nicht die Art der Choths. Vielmehr versuchten zwei mit ihrer Welt eins zu werden, mit ihrem Schicksal und ihren Toten, bis alle Schwierigkeiten gemeistert waren und sie eins miteinander werden konnten.

Jenseits der nördlichen Landspitze waren die Berge noch unbewohnt. Chris und Tabby landeten im Sonnenuntergang, dessen Rot und Gold das stille Meer überflutete. Sie schlugen ein Zelt auf, tranken ein kleines Glas Wein und einen langen Kuß, dann gingen sie Hand in Hand einen schmalen Pfad entlang.

Links fiel der Hang steil zum Wasser hinab. Das Meer leuchtete bis zum Horizont, der sich im violetten Himmel verlor. Der Abendstern stand als Kerze zwischen den erwachenden Sternbildern. Rechts erhob sich ein dunkler Wald. Eine warme Brise ließ die Harfenranken erklingen.

»Eyath?« fragte sie einmal.

»Auf dem Heimweg«, sagte er.

Das, sein Tonfall und sein über ihr Haar wandernder

Mund sagten: Weil du mir gezeigt hast, daß ich sie heilen muß, und wie hast du mich geheilt, mein Liebling.

Ihre Fingerspitzen, seine Wange berührend, sagten: zu meiner eigenen Freude, die immer größer wurde.

Morgana ging auf, fleckig und weniger hell als früher, so sehr hatte der Krieg dort getobt. Tabby blieb stehen.

»War es das wert?« fragte sie.

»Den Krieg, meinst du?«

»Ja. Schau hinauf. Schau dich um, wo du willst – bei den Sonnen draußen – Tod, Verstümmelung, Agonie, Trauer, Ruinen – all das, um sich politisch durchzusetzen!«

»Ich habe mir auch Gedanken gemacht. Vergiß aber nicht, daß wir für unsere Kinder etwas bewahrt haben. Das Recht, man selbst zu sein.«

»Du meinst, zu sein, was wir sind. Wenn wir nun besiegt worden wären? Beinahe war es soweit. In der nächsten Generation wären relativ zufriedene Untertanen des Imperiums aufgewachsen. Nicht wahr? Welches Recht hatten wir also, zu tun, was wir getan haben?«

»Wir hatten es, glaube ich«, sagte er. »Es gibt zwar kein einfaches einzelnes Prinzip, und ich kann mich irren, aber ich glaube, unsere Gesellschaft, Kultur, oder wie du es nennen willst, hatte ein eigenes Leben, ein eigenes Recht.« Er atmete tief ein. »Wenn sich Gemeinschaften nicht wehren würden, hätte die größte und gierigste sie bald geschluckt. Am Ende herrscht tödliche Gleichheit. Keine Herausforderung, keine Inspirationen. Wie dienen wir dem Leben, wenn wir das zulassen? Und Feindschaften brauchen nicht ewig zu dauern. Gouverneur Saracoglu und Admiral Cajal hatten sicher Vorfahren, die bei Lepanto auf verschiedenen Seiten kämpften.« Er sah, daß Tabitha nicht mitkam. Egal, sie wußte, was er meinte. »Beide haben sich bemüht, haben Widerstand geleistet, beide konnten der Rasse etwas geben, was niemand sonst hätte geben können. Kannst du nicht glauben, daß wir hier auf Avalon einen Teil der Zukunft gerettet haben?«

»Blutbefleckt«, sagte sie.

»Das war nicht nötig«, gab er zu. »Und trotzdem unvermeidlich, wenn man bedenkt, was wir sind. Vielleicht wird es eines Tages etwas Besseres geben. Vielleicht trägt es sogar zu dem bei, was wir schaffen, geflügelt und ungeflügelt, gemeinsam. Wir müssen uns natürlich Mühe geben.«

»Und für eine Weile haben wir Frieden«, flüsterte sie.

»Können wir damit nicht glücklich sein?« fragte er.

Sie lächelte durch ihre mondglitzernden Tränen und sagte: »Ja, Arinnian, Chris, mein Liebster«, und suchte ihn.

Eyath verließ Gray vor Anbruch des Tages.

Zu dieser Stunde, nach der lärmenden Nacht, hatte sie den Himmel für sich allein. Sie schwebte empor, fand den Wind und ritt auf ihm hinauf. Er strömte, er sang. Die letzten Sterne, der sinkende Mond verwandelten Meer und Land in ein Geheimnis; vor ihr erhoben sich die heimatlichen Berge.

Es war kalt, aber das Blut brauste in ihren Adern.

Er, der mich liebte, und er, der mich bekam, teilen sich in dieselbe Ehre. Genug, dachte sie.

Muskeln tanzten, Flügel schlugen. Der Planet drehte sich dem Morgen entgegen. Mein Bruder, meine Schwestern haben ihr Glück gefunden, dachte sie. Ich will das meine suchen.

Schneegipfel flammten. Die Sonne stand mit einem Lichtschrei auf.

Hoch ist der Himmel und heilig.

ENDE

Goldmann SCIENCE FICTION

Donald A. Wollheim
Wie weit ist es nach Babylon?
Utopisch-technische Erzählungen
160 Seiten. Band 0135.

In dieser einzigartigen Sammlung von 24 Kabinettstücken der Science-Fiction-Literatur, verfaßt von einem der bedeutendsten Autoren und Herausgeber auf diesem Gebiet, hat Donald A. Wollheim nur Werke aufgenommen, die von seiner literarischen Qualität und einem unerhörten Einfallsreichtum Zeugnis ablegen.

C. M. Kornbluth / Frederik Pohl
Welt auf neuen Bahnen
Utopisch-technischer Roman
160 Seiten. Band 0136.

Die Erde ist erkaltet – nur eine kleine, künstliche Sonne verhindert das Ende der Menschheit! Welt auf neuen Bahnen ist die Geschichte einer zukünftigen Erde, die entführt wurde aus der lebenspendenden Nähe der Sonne, entführt aus unserem Sonnensystem von einem Doppelplaneten voll eigenartiger, pyramidenförmiger Roboter.

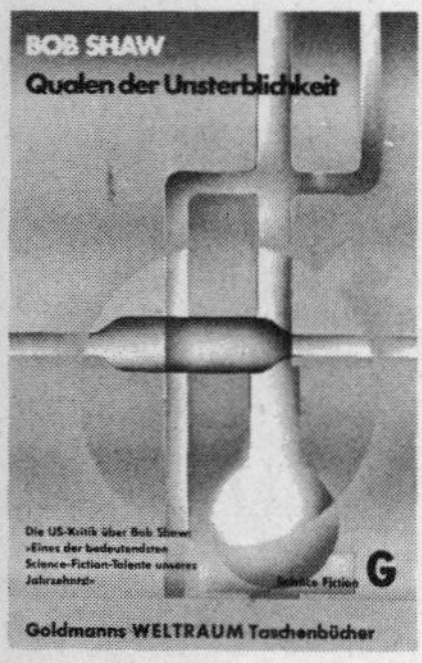

Bob Shaw
Qualen der Unsterblichkeit
Utopisch-technischer Roman
160 Seiten. Band 0137.

Im 22. Jahrhundert gibt eine Unsterblichkeitsdroge jedem Menschen die Möglichkeit, sein Leben beliebig zu verlängern. Doch das Mittel bewirkt einen Nebeneffekt. Es lähmt jeglichen Geschlechtstrieb und die Möglichkeit zur Fortpflanzung. Bis eines Tages die Unsterblichkeitsdroge ohne Nebeneffekt entwickelt ist.

WILHELM GOLDMANN VERLAG MÜNCHEN

Goldmann SCIENCE FICTION

Philip E. High
Der Planet der Schmetterlinge
Utopisch-technischer Roman
160 Seiten. Band 0138.

Das organisierte Verbrechen hat sich zu einer gigantischen Macht entwickelt. Die ordnenden Kräfte schließen sich ebenfalls in geheimen Organisationen zusammen. Peter Maynard stößt zu ihnen und erkennt bald, daß zunächst er allein, später auch die anderen über unerklärliche Kräfte verfügen. Es sieht so aus, als stehe die Menschheit an einem bedeutsamen Scheideweg ...

Ron Goulart
Maschinenschaden
Utopisch-technische Erzählungen
176 Seiten. Band 0139.

Diese 13 teils erschreckenden, teils amüsanten Geschichten führen einen perfektionierten Homo mechanicus vor Augen, der die Geister, die er rief, nun nicht mehr loswerden kann. Ron Goularts Technokratie ist verrückt, grausam und ironisch. Eine geschlossene Front feindlicher Mechanismen, die den Menschen prompt ins selbstverschuldete Chaos stürzen ...

Bob Shaw
Menschen im Null-Raum
Utopisch-technischer Roman
192 Seiten. Band 0140.

Weil er sich angeblich weigerte, dem System zu dienen, raubt die Polizei-Sondertruppe des Planeten Emm Luther dem terrestrischen Geheimagenten Sam-Tallon das Augenlicht und verbannt ihn in eine Strafkolonie. Doch dann erfindet Sam eine neue Technik des Sehens: Er benützt dazu fremde Augen, die Augen von Tieren und Menschen ...

WILHELM GOLDMANN VERLAG MÜNCHEN